संस्कृति का प्रवाह

संस्कृति का प्रवाह

प्रो. राकेश सिन्हा

प्रकाशक

प्रभात प्रकाशन प्रा. लि.

4/19 आसफ अली रोड, नई दिल्ली–110002

फोन : 011–23289777 • हेल्पलाइन नं. : 7827007777

इ–मेल : prabhatbooks@gmail.com ❖ वेब ठिकाना : www.prabhatbooks.com

संस्करण

प्रथम, 2025

सर्वाधिकार

सुरक्षित

पेपरबैक मूल्य

तीन सौ रुपए

मुद्रक

आर–टेक ऑफसेट प्रिंटर्स, दिल्ली

★

SANSKRITI KA PRAVAH

by Prof. Rakesh Sinha

Published by **PRABHAT PRAKASHAN PVT. LTD.**

4/19 Asaf Ali Road, New Delhi-110002

ISBN 978-93-5562-777-3

₹ 300.00 (PB)

स्व. श्री रामनाथ गोयनका ने
अभिव्यक्ति की स्वतंत्रता के प्रति अटूट समर्पण
और लोकतांत्रिक मूल्यों की दृढ़ता के साथ
उन्होंने अपने संपूर्ण जीवन में अनगिनत
चुनौतियों का साहसपूर्वक सामना किया।
उन्हें यह कृति सादर समर्पित है।

संपादकीय

सभ्यतायी व सांस्कृतिक संघर्ष में मानव अस्तित्व, उसकी तार्किक क्षमता और संबंधों पर जब संकट आता है, तब दार्शनिक विचार, मानवीय संवेदना और सांस्कृतिक चेतना एक नई उम्मीद प्रदान करते हैं। ये विचार, संवेदना या चेतना किसी एक कालखंड या सभ्यता की परिधि तक सीमित नहीं रहे हैं। संघर्ष की इस स्थिति में चेतना को जाग्रत् करना, परिस्थितियों के अनुरूप तैयार करना आवश्यक है। तर्क, विश्लेषण एवं अन्य सामाजिक उपागमों के माध्यम से इसका समाधान ढूँढ़ा जा सकता है। दैनिक 'जनसत्ता' के रविवारीय संस्करण में प्रो. राकेश सिन्हा का 'संदर्भ' स्तंभ में प्रकाशित लेख की मैं नियमित पाठक रही हूँ। उनके लेखों में मन और विवेक को झकझोरने वाले तथ्य और तर्क लोगों को प्रभावित करता है। अनेक लेखों पर शिक्षक सहकर्मियों से चर्चा होती रही। इन लेखों को संपादित करके पुस्तक का स्वरूप देने का मुझे सुअवसर मिला।

इन लेखों की एक विशेषता है कि ये मानव चेतना को कुरेदते हैं। इनमें एक ओर उनका व्यापक शोध और अध्ययन है, वहीं दूसरी ओर राजनेता के रूप में जनपक्षधर गतिविधियों से उपजा उनका अनुभव परिलक्षित होता है। वे अपने ठोस तथ्यों एवं तर्कों के लिए जाने जाते हैं। सभी लेखों में ऐसी दुर्लभ जानकारियाँ मिलती हैं, जो उनकी अभिव्यक्ति को सशक्त बना देती हैं। एक बात परिलक्षित होती है कि वे अभिव्यक्ति की आजादी के दमदार आवाज हैं। कई लेखों में विमर्श की प्रकृति, उसकी भारतीय विरासत, समकालीन स्थिति

को पाठकों के सामने लाया गया है।

प्रो. सिन्हा का वैचारिक पक्ष 'राष्ट्रीय स्वयंसेवक संघ' के प्रति है। सबसे अच्छी बात है कि वे इसे छिपाते भी नहीं हैं। परंतु वे 'कोल्हू के बैल' की तरह विचार के पोषक भी नहीं हैं। उसको उदात्तस्वरूप देने में वे अपने शोध, तर्क और विचार का उपयोग करते हैं। संघ पर उनके लेख मौलिकता को प्रतिबिंबित करते हैं। उनका स्पष्ट मत है कि भारत को औपनिवेशिक एवं मुगलकाल के पार नहीं देखने के कारण हमारी हजारों वर्ष की विरासत अज्ञानता और उपेक्षा का शिकार हुई है। लेखक का हाशिये के लोगों के साथ संवाद और उनके बीच काम करना लेखों को यथार्थ से जोड़ता है। वे अपनी बातों को स्पष्टता से रखते हैं। 'राष्ट्रीय स्वयंसेवक संघ' पर उनके लेखों में उसका इतिहास, वर्तमान और भविष्य तीनों हैं।

विभिन्न विचारों का उनका अध्ययन और उन विचारों के समर्थकों के साथ संबंध की छाप भी इन लेखों में दिखाई पड़ती है। एक लेखक, चिंतक या राजनीतिज्ञ जब तालाब का निवासी हो जाता है, तब उसकी सोच, जीवन और संस्कृति सिमटी हुई रहती है। पर जब वह नदी की प्रवाह का हिस्सा बनता है, तब वह खुले मन से चीजों को ग्रहण करता है। उनके विचार में नयापन और लचीलापन दोनों निहित होता है। समकालीन बौद्धिक राजनीतिक जीवन में इसकी न्यूनता दिखाई पड़ती है।

एक राजनेता के रूप में प्रो. सिन्हा ने जमीन पर काम किया है। यह उनकी बौद्धिकता को यथार्थ से जोड़ देता है। लेखक बार-बार मानव-हितों की रक्षा के लिए आधुनिकता से उपजी भौतिकतावाद पर प्रहार करते हैं। पुस्तक में संकलित प्रत्येक लेख इसी चेतना को चिह्नित करते हुए एक नई ऊर्जा का सूत्रपात करता है। इन लेखों में पाश्चात्य आधिपत्यवादी मानसिकता पर प्रहार किया गया है। साथ ही, लेखक भारत की गौरवमयी परंपरा, विराट् चेतना एवं सांस्कृतिक विरासत से पाठकों को परिचित भी कराते हैं।

इस संकलन का पहला अध्याय 'कलम का संकट' है। एक तरह से यह पूरे संकलन का आधार तैयार करता है। इसमें लेखक ने बुद्धिजीवियों,

साहित्यकारों एवं विद्वानों की महत्त्वपूर्ण भूमिका को रेखांकित करते हुए कुछ उदाहरण प्रस्तुत किए हैं, जिनमें महात्मा गांधी, सरदार पटेल, जवाहरलाल नेहरू, मदन मोहन मालवीय, भीमराव अंबेडकर, बी.डी. सावरकर, मौलाना आज़ाद के नाम उल्लेखनीय हैं। वर्तमान समय में बौद्धिक क्षमता में आई ह्रास की आलोचना करते हुए लेखक कहते हैं कि 'भौतिकता के पीछे जो ताकतें हैं, वे बौद्धिकता की सीमाएँ ही तय नहीं कर रही हैं, बल्कि कलम की स्याही का रंग भी निर्धारित कर रही हैं।'

शब्दों के साथ प्रयोगशीलता लेखक की अपनी विशेषता है, जिसमें वे आम बोलचाल वाले शब्दों को बड़ी ही खूबसूरती के साथ प्रयोग करते हुए अपनी बात रखते हैं। वे अपने विरासत पर गर्व करने की बात करते हैं। इस कड़ी में वे महात्मा गांधी, विनोबा भावे और जयप्रकाश नारायण का नाम लेते हैं। उन्होंने इन लोगों को 'राजनीतिक संत' की उपाधि दी है, क्योंकि उनका मानना है कि ये लोग राजनीति में होकर भी इससे निर्लिप्त रहकर समाज को सशक्त बनाते रहे। कानून या दंड-संहिता के माध्यम से समाज में बदलाव नहीं लाया जा सकता है, जबकि संत-भाव से समाज के साथ साक्षात्कार करने से यह बदलाव संभव है। भारतीय परंपरा में किसी भी कार्य में 'त्याग' की भावना को महत्ता दी गई है। लेखक का भी मानना है कि जब किसी प्रकार का स्वार्थ निहित न हो, तब किसी भी प्रकार की विवशता व्यक्ति को नहीं घेर सकती है। इस संदर्भ में वे बालगंगाधर तिलक, रवींद्रनाथ टैगोर एवं बाबा साहब अंबेडकर का उदाहरण देते हैं, जिन्हें निजी जीवन में कई परेशानियों का सामना करना पड़ा; किंतु राष्ट्र के प्रति अपनी प्रतिबद्धता पर वे अडिग रहे। भारत को ऐसे राजनीतिज्ञों की आवश्यकता है, जो निजी स्वार्थ से ऊपर उठकर जनकल्याण में अपनी सहभागिता निभाएँ।

लेखक का मानना है कि बौद्धिकों को राज्य का प्रश्रय नहीं लेना चाहिए। ऐसा करने से उनकी स्वायत्ता स्वत: छिन जाती है। इसका उदाहरण उन्होंने स्वयं प्रस्तुत किया। वर्ष 2017 में प्रो. सिन्हा को तत्कालीन राष्ट्रपति प्रणब मुखर्जी के द्वारा 'पं. दीनदयाल उपाध्याय पुरस्कार' से सम्मानित किया गया

था, इसके अंतर्गत पुरस्कारस्वरूप उन्हें धनराशि भी प्रदान की गई थी। पुरस्कार की संपूर्ण राशि (पाँच लाख रुपए) दानस्वरूप उन्होंने सामाजिक संगठन को दे दिया। लेखक राजनीति को विभाजन का नहीं, अपितु एकीकरण का औजार मानते हैं। वे जातिविहीन समाज की वकालत करते हैं। इस संदर्भ में वे कर्पूरी ठाकुर के बारे में लिखते हैं। उन्होंने जातीय सीमाओं से ऊपर उठकर सम्मान और समर्थन हासिल किया। 'अधूरा भारत' नामक लेख में लेखक भारत के उस अधूरेपन की चुनौती की बात करते हैं, जो अपनी ऐतिहासिक विरासत से विमुख रहने के कारण उत्पन्न हुई है। वे अपनी सांस्कृतिक धरोहर को सहेजने पर बल देते हैं। उनका स्पष्ट कहना है कि 'हमारी अस्मिता हमारे अस्तित्व की बुनियाद है।' इस पूरे प्रक्रम में वे स्वतंत्रता पश्चात् भारतीय नेतृत्व को भी कठघरे में खड़ा करते हैं। भारत सांस्कृतिक व ऐतिहासिक रूप से परिपूर्ण है, इसके लिए हमें पश्चिम से आयातित किसी दर्शन या विचार की आवश्यकता नहीं है। पश्चिम भारत को सिखाने का दावा करता है, जबकि भारत से उसको सीखना चाहिए। प्राचीन भारत में लोकतंत्र का संसदीय रूप देखने को मिलता है। वैदिक युग में दो सदनों का उल्लेख है, जिन्हें 'सभा' और 'समिति' के नाम से जाना जाता था। लिच्छवी गणराज्य विश्व का प्रथम गणराज्य था। प्रो. सिन्हा के शब्दों में कहें तो पश्चिम की आधिपत्यवादी मानसिकता के कारण 'पूर्व-औपनिवेशिक देशों की स्वतंत्र, स्वायत्तता और सभ्यतायी को वे सहन नहीं कर पाते हैं।'

जहाँ औपनिवेशिक मानसिकता के शिकार लोग भारत को विभिन्न क्षेत्र, भाषा, संस्कृति आदि में विभाजित दृष्टि से देखते हैं। वहीं लेखक भारत की 'विविधता में एकता' को इसकी सबसे बड़ी विशेषता के रूप में देखते हैं। यह विविधता विभाजनकारी व अलगाववादी नहीं है, बल्कि अखंड संस्कृति का द्योतक है। लेखक का मानना है कि संस्कृति का बोध, संप्रदाय की पहचान को प्रतिक्रियावादी और संकीर्ण होने से बचाती है।

पाठक इन लेखों को पढ़कर इस बात का अनुमान लगा सकते हैं कि लेखक का व्यक्तित्व कितना सकारात्मक है। आए दिन राजनेताओं द्वारा

कुछ ऊटपटाँग टिप्पणियाँ भी सामने आती रहती हैं। लेखक इनमें भी कुछ सर्जनात्मकता और सकारात्मकता को ढूँढ़ निकालते हैं। उनका मानना है कि इस तरह की अनावश्यक व नकारात्मक बातों से सुधार तो नहीं होगा, किंतु हमारा समाज सोते से जाग जरूर जाता है। इस संदर्भ में वे समाज-सुधारक महादेव गोविंद रानाडे की एक पंक्ति उद्धृत करते हैं—"इतिहास में भारतीयता पर हर हमला भारत को अनुशासित बनाता है और इसके चरित्र में विकास करता है।"

हम कह सकते हैं कि इस संकलन का एक व्यापक फलक है। एक तरफ सदी के त्रासदी का रोचक वर्णन है तो दूसरी तरफ मानवीय आशाओं एवं आकांक्षाओं के असीमित दायरे को बखूबी प्रतिबिंबित किया गया है। निस्संदेह यह पुस्तक समय के साथ एक सार्थक संवाद करती है। मनुष्य की पीड़ा और हर्षोल्लास का इसमें अद्‌भुत मिश्रण है। यद्यपि इसका संदर्भ एक विशेष समाज, संस्कृति और सभ्यता पर आधारित है, कुछ हद तक यह प्रतीत होता है कि इसकी व्यापकता सीमित कर दी गई है। इसके बावजूद यह विभिन्न संस्कृतियों के बीच एक संवाद की संभावनाओं को भी प्रकट करता है। यहाँ पर यह कहना उचित होगा कि इसके उदाहरण, रूपक और बिंब मुख्य रूप से भारतीय समाज और संस्कृति से ली गई हैं, लेकिन उसे ऐसे सजाया, सँजोया एवं प्रस्तुत किया गया है कि कोई भी अध्येता आसानी से सार्वभौमिक मानवीय मूल्य उसमें ढूँढ़ सकता है। नेल्सन मंडेला ने कहा था कि 'साहस भय की अनुपस्थिति में नहीं, बल्कि उस पर विजय प्राप्त करने में निहित है' (Courage is not the absence of fear, but the triumph over it)। अतः प्रो. सिन्हा ने अपने लेखों के माध्यम से यह साहस दिखाया है, जिसमें विभिन्न संस्कृतियों, असहमतियों और विविधताओं के मध्य संवाद का मार्ग प्रशस्त होता है।

'जनसत्ता' के इन संकलित लेखों की मूल प्रकृति एवं भाव को प्रभावित किए बिना उनमें कुछ शब्दों एवं वाक्यों में संशोधन किया गया है। साथ ही इन लेखों में वर्णित पात्रों और महत्त्वपूर्ण घटनाओं की जानकारी को फुटनोट्स

(हिंदी) में दी गई हैं। कुछ लेखों के शीर्षक में भी बदलाव किया गया है। पुस्तक के अंत में एक परिशिष्ट के माध्यम से मूल शीर्षक (कोष्ठक में) एवं प्रकाशित तिथि को अंकित किया गया है।

प्रो. राकेश सिन्हाजी का हार्दिक आभार कि उन्होंने संकलन-कार्य हेतु मुझे अनुमति प्रदान की। हिंदी दैनिक 'जनसत्ता' के कार्यकारी संपादक आदरणीय श्री मुकेश भारद्वाज को धन्यवाद ज्ञापित करती हूँ। साथ में श्रीमती पूनम सिन्हा के प्रति उनके द्वारा दिए गए प्रोत्साहन एवं और डॉ. राम बिलाश यादव के सहयोग के लिए आभार व्यक्त करती हूँ।

हालाँकि, पुस्तक का सही मूल्यांकन तो पाठकों के द्वारा ही किया जाता है। यह पुस्तक 'संस्कृति का प्रवाह' भी तभी सफल और सार्थक सिद्ध होगी, जब पाठक इसे पढ़कर हमें रचनात्मक सुझाव प्रदान करेंगे।

—मीनू कुमारी

भूमिका

बौद्धिकता क्या है और बौद्धिक कौन हैं? ये दोनों प्रश्न समाजिक जीवन के लिए महत्त्वपूर्ण हैं। मनुष्य की नजर जहाँ तक जाती है, उस पर उसका सोचना, समझना, परखना, फिर अपनी तरह से उसे अभिव्यक्त करना ही बौद्धिकता है। अत: इस पर किसी एक व्यक्ति या समूह का एकाधिकार नहीं है, लेकिन बौद्धिक हर कोई नहीं हो सकता है। अपनी सोच, समझ, परख को वृहत्तर और गंभीर तरीके से ढालकर समाज के अस्तित्व, उत्थान, जटिलताओं के समाधान और बाधाओं के सार्थक निराकरण करने में जो सक्षम होते हैं, वे बौद्धिक कहलाते हैं।

सामान्य लोगों का बौद्धिकता के साथ संवाद, साक्षात्कार और सत्संग ही बौद्धिकों को जीवंत और प्रासंगिक बनाकर रखता है। यह उनके लिए खाद-पानी की तरह होता है। इस क्रम में समाज के बुनियादी प्रश्नों को लक्ष्य बनाया जाता है। इसलिए एक बौद्धिक कभी भी सामान्य मानव के सोच, समझ, चिंतन की उपेक्षा नहीं करता है। जिस समाज में यह प्रक्रिया निरंतर चलती रहती है, उसकी चेतना का सूचकांक हमेशा ऊपर रहता है, परंतु जो बौद्धिक सामान्य जन से कटे रहते हैं, वे यथार्थ को अपनी कल्पना और सीमित दृष्टि से जानने की कोशिश करते हैं। ऐसे लोगों द्वारा घटनाओं एवं विषय-वस्तुओं का मूल्यांकन विसंगतियों से भरा होता है। वे अपने आपको समाज का दिशा निर्देशक मान लेते हैं। उनमें प्रतिकार सहने की इच्छाशक्ति और क्षमता दोनों नहीं होती है। स्वघोषित बौद्धिकों एवं सामान्य लोगों के बीच

की बढ़ती दूरी का कारण उनकी कुलीनता होती है। ऐसी स्थिति में समाज में टकराव की स्थिति बनी रहती है। यही बौद्धिक संस्कृति समकालीन समाज पर हावी है। किसी भी समाज को इससे बचना चाहिए। बचाव का एकमात्र रास्ता आम लोगों को निर्जीव भीड़ नहीं मानकर उनकी सहभागिता सुनिश्चित करना है। यह आम और खास के दृष्टिकोणों के अंतर के कारण को समझने का अवसर देता है। बौद्धिकों की लेखनी से भाषणों, लेखों, वार्त्तालापों में बुनियादी प्रश्नों का निदान झलकता है। अच्छे भवन, अच्छी सड़क, अच्छी पोशाक, अच्छा भोजन इत्यादि भौतिकता की सामग्री से ग्रस्त मनुष्य को सबसे अधिक बौद्धिक नेतृत्व की जरूरत होती है।

यह समाज के मनोविज्ञान और आंतरिक चुनौतियों को संबोधित करते हुए साहित्य, समाजशास्त्र और लोकप्रिय रचनाओं में झलकता है। जिन सभ्यताओं और संस्कृतियों ने भौतिकता के विकास में प्रामाणिक बौद्धिकों की उपेक्षा की, उनकी आंतरिक स्थिति दुःखदायी रही है। जब पंचतंत्र[1] कथा-संग्रह लिखा गया था, तब लेखक का उद्देश्य न ज्ञान का प्रदर्शन था, न ही लोगों का मनोरंजन। इसकी कहानियाँ लोगों की मानसिक उन्नति को लक्ष्य बनाकर लिखी गई हैं। बौद्धिकता श्रेष्ठता की खोज होती है। मनुष्य जीवन की सार्थकता इसका उद्देश्य होता है। इसके सहारे वह न्यूनताओं से लड़ता है, जीवन के विरोधाभासों को समाप्त करता है और अपने होने का अहसास करता है। इसके बिना मनुष्य सिर्फ भौतिक पुतला बनकर रह जाता है। क्या समकालीन भारतीय समाज में आज ऐसा बौद्धिक प्रवाह है, जो हमें भौतिक विकास के बीच हमारे मानसिक आचरण को समृद्ध कर रही हो? यह प्रश्न हम सबके लिए है। यह सिर्फ आज के लिए नहीं, बल्कि आने वाली पीढ़ियों के लिए भी प्रासंगिक है और इसको ढूँढ़ने के लिए हमें थोड़ा पीछे झाँकना चाहिए।

बहुत पीछे यानी याज्ञवल्क्य, शंकराचार्य, भगवान् बुद्ध के युगों तक जाने की जरूरत नहीं है। पचास-सौ वर्ष पूर्व राजनीतिक, सामाजिक, सांस्कृतिक

1. पंचतंत्र—वर्तमान सदी से 200 वर्ष पूर्व (200 BCE) इसको लिखा गया है और देश-विदेश के 50 से अधिक भाषाओं में इसके लगभग 200 प्रकारों (Versions) का प्रकाशन हो चुका है।

एवं अन्य आयामों में बौद्धिकता का स्तर क्या था? इसे आईना बनाकर समकालीन स्थिति को समझना चाहिए। इसी आत्मालोचन से नव-बौद्धिक आंदोलन का रास्ता भी शुरू होगा। साहित्य, पत्रकारिता, शिक्षा, समाज-सुधार, राजनीति से जुड़े लोग किस प्रकार बौद्धिक योगदान देते थे? उनकी प्रकृति कैसी होती थी? इसमें बौद्धिकों का जीवन-मूल्य, स्वाध्याय, स्वलेखन, चिंतन, अभिव्यक्ति आदि शामिल हैं। हमारे सामने सैंकड़ों-हजारों व्यक्तित्व है, जिन पर हम गौर कर सकते हैं। कुछ उदाहरण ही यथेष्ठ हैं। चावल के दो-चार दानों से ही पूरी हाँड़ी के चावल की प्रकृति का पता लग जाता है।

बंकिम चंद्र (1838-1894) और विपिनचंद्र पाल (1858-1932) ऐसे दो नाम हैं—जिनपर नजर दौड़ाएँ। वे स्थानीय संस्कृति, समाजिक परिवेश और प्रचलित राजनीति से अभिन्न रूप से जुड़े हुए थे। भौतिक आकांक्षाएँ उन्हें स्पर्श नहीं कर पाईं। चिंतन-सृजन ही जीवन का लक्ष्य था। पाल का जीवन इसका सबसे अच्छा उदहारण है। वे स्वतंत्रता संग्राम के हिस्सा रहे, संपादन का काम किया और गंभीर लेखन करते रहे। प्रतिकूलताओं ने उनकी बौद्धिक साधना को कमजोर नहीं होने दिया। उनकी मृत्यु के बाद 'द स्टेट्समैन' ने संपादकीय लिखकर देश को उसका आभास कराया। 17 मई, 1932 के संपादकीय में लिखा गया था कि जो लोग उनके लिए आँसू बहा रहे हैं, वे तब कहाँ थे, जब इस व्यक्ति (पाल) के पास जीवन जीने की न्यूनतम आवश्यकताओं की कमी थी। उसने आगे लिखा—"यह जानते हुए भी कि वे साम्राज्यवाद के विरुद्ध हैं और यह समाचार-पत्र यूरोपीय स्वामित्व एवं संपादकत्व से चलता है, हमने उन्हें स्तंभ लिखने दिया, क्योंकि वे एक ईमानदार राष्ट्रवादी थे।" उसने दावा किया कि "हमारे फाइल में उनके अनेक पत्र हैं, जो बताते हैं कि भारत के इस योग्यतम व्यक्ति के पास जीने के लिए दूसरा और कोई वैकल्पिक साधन उपलब्ध नहीं था।" उन्होंने जीवन के संग्राम में अपने आपको विचलित नहीं होने दिया। उनकी पुस्तक 'सोल ऑफ इंडिया' (1911) राष्ट्रवाद पर एक श्रेष्ठ आख्यान है। वे उस श्रेणी के बौद्धिकों का प्रतिनिधित्व करते हैं, जो नैतिकता को महत्त्व देते हैं।

दूसरा नाम बंकिम चंद्र चटर्जी का है। उन्होंने राष्ट्रवाद को 'वंदे मातरम्' (1882) के द्वारा एक मजबूत बुनियाद दी। वे सरकारी मुलाजिम थे। उन्हें साम्राज्यवादियों से अनेक परेशानियों का सामना करना पड़ा, पर वे न झुके, न टूटे । 'वंदे मातरम्' उनकी ही रचना है। ऐसे ही राष्ट्रकवि रामधारी सिंह 'दिनकर' (1908–1974) की कहानी है। वे सब-रजिस्ट्रार कार्यालय में छोटी नौकरी करते हुए कविता लिखते रहे। उनकी कविताएँ न्याय के लिए संघर्ष को लक्ष्य बनाती थी। उन्होंने सरकारी दबाव से कलम को कभी लड़खड़ाने नहीं दिया। दमन को वे विष की तरह पीते रहे। 1940 से 1944 के बीच, चार साल में उनका 22 बार तबादला किया गया।

साहित्यकारों ने सड़क की ठोकरें खाकर भावी पीढ़ियों को अपनी रचनाएँ समर्पित कीं। उन्हीं में से एक 'पुष्प की अभिलाषा' के कवि माखनलाल चतुर्वेदी (1889–1968) थे। वे 'कर्मवीर' पत्र के संस्थापक और संपादक भी थे। औपनिवेशिक काल में 36 बार उनके घर को सर्च किया गया। ऐसे अनेक लोग थे, जिनके पास संसाधन नहीं थे, परंतु पत्र-पत्रिकाएँ निकालते थे। बौद्धिकता जितने अधिक स्रोतों से प्रकट होती है, समाज उतना अधिक जीवंत बनता है। यह बौद्धिक विमर्श, चेतना सृजन और गैर-भौतिक गतिविधियों को बढ़ाती है। माखनलाल चतुर्वेदी लोगों के बीच में पढ़ते-लिखते और सामान्यजन की तरह ही गतिविधियाँ करते थे। दिनकर या चतुर्वेदी किसी 'कुलीन क्लब' (Elite Club) से नहीं जुड़े। 1921 के जून में उन पर साम्राज्यवाद विरोधी भाषण देने के कारण मुकदमा चला। 20 जून, 1921 को विलासपुर की अदालत में जब वे पेश हुए, तब कवयित्री सुभद्रा कुमारी चौहान (1904–1948) दो हजार नागरिकों के साथ जयघोष करते हुए पहुँची थीं। जाहिर है, बुद्धिजीवी मौन या निष्क्रिय नहीं रहते हैं, न ही वे छद्म सम्मान के साथ जीते हैं। उपर्युक्त बुद्धिजीवियों की गतिविधियाँ इस बात की मार्गदर्शिका है। मैथिलीशरण गुप्त ने 'जयद्रथ वध' में लिखा—"जहाँ तक बाण मेरा जाएगा, अपने जनों को आपदा से बचाएगा।"

बुद्धिजीवी के तीन प्रमुख लक्षण होते हैं—प्रथम, स्वाध्याय। यह

सरोकार-युक्त होता है। यह मस्तिष्क को निष्क्रिय नहीं होने देता है। उसकी रचनात्मकता बनाकर रखता है। उसे हकीकत में ढालने के लिए वह स्वाध्याय एवं चिंतन करता है। चाहे वो राजनीतिक क्षेत्र हो या सामाजिक, परंतु स्वाध्याय उसे परावलंबी नहीं बनाता है। स्वाध्याय चिंतन को समालोचना के दायरे में रखता है। दूसरा, वह समाज को प्रयोगशाला मानता है। अतः सहज तरीके से इससे जुड़ा होता है। यह जुड़ाव उसकी कल्पना, समझ और चिंतन को यथार्थ से कटने नहीं देता है। लोकमान्य बाल गंगाधर तिलक (1856-1920) 'केसरी' एवं 'मराठा' के संस्थापक और संपादक थे। उनकी राष्ट्रीय जीवन में एक अलग हैसियत थी, पर वे सामान्य जनजीवन के अभिन्न अंग बने रहे। रवींद्रनाथ टैगोर (1861-1941) शहरों से निकलकर प्रतिकूलता में जी रहे लोगों के साथ रहने जाते थे। इस गतिविधि ने उनकी दृष्टि को शहरी जीवन में सिमटने नहीं दिया। अपने ऑक्सफोर्ड के भाषण में उन्होंने बंगाल के गाँव के पटुआ कलाकारों का उल्लेख किया था। तीसरा, वह व्यक्तिगत लाभ-हानि से निरपेक्ष रहता है। लाभ-हानि का पक्ष व्यक्ति को कॅरियरवादी बना देता है। आठवीं शताब्दी में शांतिदेव (685-763) एक प्रतिष्ठित दार्शनिक थे। उन्होंने अपनी पुस्तक के प्राक्कथन में लिखा था कि "मैं कुछ नया नहीं लिख रहा हूँ। जो कुछ भी लिख रहा हूँ, वह 'स्वान्तः सुखाय' के लिए लिख रहा हूँ।" जो स्वार्थ की चौहद्दी में सोचते, बोलते और लिखते हैं, वे बैद्धिकता के सौदागर बनकर रह जाते हैं। वे घातक होते हैं। वे ऐसी पौध तैयार करते हैं, जो भविष्य में इसी विसंगति का शिकार रहते हैं। वे व्यक्तिगत लाभ को सामने रखकर अपने चिंतन, लेखन को परोसते हैं। जबकि मौलिकता के पथिक स्वयं को सदैव दाँव पर लगाते रहे हैं।

फणीश्वरनाथ रेणु (1921-1977) 'मैला आँचल' (1954) के प्रसिद्ध रचनाकार थे। वे आंचलिक साहित्य के प्रणेता थे। जब 1974 में व्यवस्था विरोधी आंदोलन जयप्रकाश नारायण (1902-1979) के नेतृत्व में शुरू हुआ, तब वे इसके सिपाही बन गए। पद्मश्री को 'पापश्री' कहकर लौटा दिया। राज्य का कोपभाजन बने, पर जनभावना की उपेक्षा नहीं होने दी। बौद्धिकों

की विरासत झकझोरने वाली है। उन्हें पारिवारिक या प्रकृतिप्रदत्त प्रतिकूलता भी कमजोर नहीं कर पाई। विपदाओं को अपने बौद्धिक क्रियाशीलता में व्यवधान नहीं बनने दिया है। बाल गंगाधर तिलक के ज्येष्ठ पुत्र विश्वनाथ का 1903 में तब निधन हुआ, जब वे साम्राज्यवादी सरकार और राज्य के बीच हुए समझौते पर 'केसरी' के लिए अग्रलेख लिख रहे थे। उन्होंने लेख पूरा करना जरूरी समझा, फिर पार्थिव शरीर के पास गए। ऐसे लोगों में धुन होती है और वे शोक को भी सहकर पथ से विचलित नहीं होते हैं। रवींद्रनाथ टैगोर ने अपने परिवार में माँ-पिता, बेटी-बेटा और भाभी माँ की, एक के बाद एक मौत देखी। उनकी पीड़ा का अनुमान लगाना भी कठिन है। पर वे साहित्य रचते रहे।

महात्मा गांधी (1869-1948) का एक प्रसंग विशेष उल्लेखनीय है। उनके पौत्र रसिक का निधन हो गया। इसका उल्लेख जिस मनोभाव से वे मणिबेन पटेल (1903-1990) को 14 नवंबर, 1931 को (चंदा, महाराष्ट्र) से लिखे पत्र में करते हैं, वह ऊपर के प्रसंगों को सैद्धांतिक जामा पहनाता है। वे विट्ठलभाई पटेल (1873-1933) की अंत्येष्टि, जो बंबई में हुई, में सम्मिलित नहीं हो पाए। इस पर मणिबेन पटेल ने कारण जानना चाहा। इसके उत्तर में वे लिखते हैं—"विट्ठलभाई के अंत्येष्टि में मेरी अनुपस्थिति का उनके आर्थिक, राजनीतिक विचारों से कोई लेना-देना नहीं है। मैं बंबई की यात्रा नहीं कर सका, क्योंकि मेरा स्थान जेल में या हरिजनों के बीच ही हो सकता है। मैं जेल से बाहर सिर्फ हरिजनों के लिए हूँ। यह मेरे मन का विषय है, न कि सरकार या अपने लोगों को दिखाने के लिए। मेरे मानसिक रचना में एक दूसरा आयाम (तत्त्व) भी है। मेरा पौत्र रसिक मृत्यु की प्रतीक्षा में दिल्ली में था। वह चाहता था कि अंतिम समय में मैं उसके साथ रहूँ। फिर भी मैं नहीं गया, सिर्फ बा (कस्तूरबा) गई। अंततः रसिक की मृत्य हो गई, लेकिन मैंने उसके लिए एक बूँद भी आँसू नहीं बहाया। मैं भोजन कर रहा था, जब तार से पता चला कि उसकी मृत्य हो गई। मैंने शांति से भोजन समाप्त किया और अपने काम में लग गया। मैं नहीं समझता हूँ कि मृत्यु एक भयावह घटना है।"

इस प्रकृति के बौद्धिक ही पूरी दुनिया में प्रभावी हुए हैं। उनकी संख्या कम रही है, परंतु उस अल्पता ने विचारों की प्रचुरता को कम नहीं होने दिया। जितना ही बुद्धिजीवी संघर्ष करता है, वह अपने आपको दाँव पर लगाता है, सत्य को सामने रखकर अपनी प्रतिभा, ऊर्जा, अवसर और समझ का प्रयोग करता है, उसके विचार की ताकत और आयु उतनी ही अधिक होती है। उसकी पृष्ठभूमि और संघर्ष-यात्रा उसके विचार को और भी प्रबल बना देती है। उसमें तूफानों, पहाड़ों, जंगलों जैसी बाधाओं को भी चीरकर लोगों तक पहुँचने की क्षमता रहती है। वे भूगोल या काल की सीमाओं को लाँघ जाते हैं और नई पीढ़ियों में जान फूँकने, परिवर्तन के लिए मानसिकता गढ़ने में वे बीज की भूमिका निभाते हैं। मैक्सिम गोर्की (1868-1936) रूस के क्रांतिकारी बुद्धिजीवी थे, पर वे दुनिया के सभी भागों में पढ़े जाते हैं। 1 जुलाई, 1905 को 'इंडियन ओपिनियन' में गांधी ने उन्हें श्रद्धांजलि देते हुए लिखा था कि "उन्होंने पहले मोची के यहाँ सहायक के रूप में काम किया। उसने उन्हें निकाल दिया। उसके बाद कुछ समय के लिए सिपाही का काम किया, जहाँ उन्हें शिक्षा की ललक जगी। लेकिन गरीबी के कारण अच्छे स्कूल में नामांकन नहीं हो पाया। फिर उन्होंने एक वकील के यहाँ काम किया और बाद में किसी दुकान के हॉकर (Hawker) का काम किया। सभी परिस्थितियों में वे अपने प्रयास से अपने आपको शिक्षित करते रहे। पहली पुस्तक उन्होंने 1892 में लिखी। उनकी अनेक रचनाएँ हैं। सभी का एक समान उद्‌देश्य था—अधिनायकवाद (आततायी) के विरुद्ध लोगों को जाग्रत् करना। उन्हें जेल भेजा गया, परंतु उन्होंने इसे लोगों की सेवा में एक सम्मान माना।" बौद्धिक वर्ग भौतिकता के चकाचौंध से लिप्त नहीं होता है। उसकी जीवनशैली ही उसकी संतुष्टि और रचनात्मकता का कारण रहती है। प्रसिद्धि बढ़ने के साथ-साथ उनमें अपेक्षाएँ बढ़ती हैं। धनाढ्य लोग, राजनीतिक ताकतें एवं दूसरे कुलीन उसे अपने साथ जोड़ना चाहते हैं। इन सभी परिस्थितियों में स्वतंत्र आवाज कैसे बनी रहे, उसकी चिंता का मूल विषय होता है। यही उसे प्रतिकूलता को गले लगाना सिखाता है।

गोर्की को उनकी महिला मित्र ने पत्र लिखकर सुझाया था कि वे अपनी लोकप्रियता के महत्त्व को समझें। उन्हें बड़े लोगों से मिलना-जुलना चाहिए। उन्हें अवसर का लाभ उठाना चाहिए। गोर्की का जवाब बौद्धिकों के लिए लक्ष्मण-रेखा की तरह था—"मुझे इस बात की खुशी है कि कुछ लोगों का मेरे प्रति आकर्षण है, लेकिन यह मुझे इस बात के लिए भी प्रेरित करता है कि मैं अपने प्रति कठोर और यथावत् बना रहूँ।" प्रसिद्धि के दौर में एकांतवास पसंद करना और पुस्तक-प्रेम, लोगों की पीड़ा के प्रति सरोकार जीवित रखना तथा अपने जीवन की मौलिकता नहीं छोड़ना, उन्हें नैतिक नेतृत्व प्रदान करता है। लोग उनकी रचना पढ़ते हैं, पढ़ते समय पंक्तियाँ में लिखी बातों से कहीं अधिक उस लेखक की तसवीर, उसकी पवित्रता, साहसपूर्ण सच कहने की क्षमता एवं स्वयं कष्ट में रहकर आने वाली पीढ़ियों के लिए सुख ढूँढ़ने की ललक उनके मस्तिष्क में रहती है। बौद्धिक प्रवाह की पवित्रता इस बात पर भी निर्भर करती है कि बुद्धिजीवी कितना अवैयक्तिक होने की क्षमता विकसित करता है। उसके सामाजिक जीवन में उसकी अपनी राग, स्वार्थ, संबंध, सीमाएँ होती हैं, जो स्वार्थ और संकीर्णता रखते हुए प्रतिभा का प्रयोग करते हैं। उनका लिखना, बोलना या सोचना वैसे ही है, जैसे पैरों में पत्थर बाँधकर कोई नदी में तैरना चाहता है। ऐसे लोग अपने को बुद्धिजीवी कहलाने के लिए तरह-तरह की प्रवंचना करते हैं।

नंदलाल बोस (1882-1966) एक प्रसिद्ध कलाकार थे। उन्होंने 'द डिसिप्लिन ऑफ आर्ट' में इसी बात को स्पष्टता से बताया है। एक कलाकार का अपना रुख, पसंद और इच्छा होती है। किसी खास समय में वह इससे संचालित होता है। अगले क्षण में वह अपने आपको इससे अलग कर लेता है। एक कलाकार कला के प्रदर्शन के समय अपने व्यक्तित्व की सीमाओं को लाँघ पाता है। यह उसमें एक अलग ही अवैयक्तिक चरित्र पैदा करता है। भारतीय परिवेश में बौद्धिक स्वतंत्रता और तर्कपूर्ण विविधता की ठोस बुनियाद हमारे पास है। गैलीलियो (1564-1642) द्वारा वैज्ञानिक खोज (पृथ्वी का सूर्य की परिक्रमा) या सुकरात (470-399 BCE) द्वारा नौजवानों में आदर्श

की नींव डालने के दार्शनिक प्रयास के कारण राज्य-समाज-अध्यात्म तीनों द्वारा तिरस्कार और दंड का भागी बनना पड़ा था। भारत के इतिहास में कोई गैलीलियो या सुकरात जैसी घटना नहीं हुई। विवाद की कोई हद नहीं रही। सर्वोच्च आध्यात्मिक गुरुओं के दर्शन को चुनौती दी गई। पर 'नेति-नेति' को जीवन-दर्शन मानने वाले लोग तर्क तक ही सिमट जाते हैं। दुनिया में जितने भी बड़े परिवर्तन हुए हैं, उनमें श्रेष्ठ बौद्धिकता का योगदान रहा है। वे अपने आपको विवेक का पर्याय बना लेते हैं, फिर उनका ध्येय परिवर्तन रह जाता है। इसके अनेक उदाहरण हैं। मार्टिन लूथर (1483-1546) ने ईसाई धर्म में अनेक कुरीतियों, कुपरंपराओं का मान तोड़ने के लिए मात्र 34 वर्ष की उम्र में आवाज उठाई थी। उनके द्वारा सुधार के इस प्रस्ताव को 'नाइंटीफाइव थीसिस' (1517) के नाम से जाना जाता है। पर उनको प्रताड़ना झेलनी पड़ी। उन्हें ईसाई धर्म से निष्कासित कर दिया गया। पोप लियो दशम (Pope Leo X, 1475-1521) ने उनसे अपनी रचना को त्यागने की माँग की। इसे लूथर ने खारिज कर दिया। पोप के साथ-साथ रोम के राजा चार्ल्स पंचम (1500-1558) के कोपभाजन का भी शिकार हुआ। लेकिन 'लिपजिग विमर्श' तब भी हुआ था। लूथर और जोहान एक[2] (Johann Eck) 23 दिनों के विमर्श में सम्मिलित हुए। वर्ष 1869 में स्वामी दयानंद सरस्वती और बच्चा झा का शास्त्रार्थ प्रसिद्ध है। लेकिन शंकराचार्य को चुनौती देने के लिए प्रशांति भारती या मंडन मिश्र को काशी में जाकर मूर्तिपूजा करनी पड़ी। तार्किक तरीके से सार्वजनिक रूप से विरोध करने के लिए स्वामी दयानंद पर प्रहार की बात तो दूर, उनपर फूल बरसाए गए। भारत इसी श्रेष्ठता के कारण दर्शन के क्षेत्र में अद्वितीय है। मानव का मस्तिष्क दबाव में या विलासिता में नहीं, पूर्ण स्वतंत्रता में ही सर्वोत्तम दे पाता है।

अमेरिका में अश्वेतों के विरुद्ध भेदभाव को मिटाने के लिए 28 अगस्त, 1963 को एक विशाल जुलूस निकला, जिसे 'वॉशिंगटन मार्च' के नाम से

---

2. जोहान एक (1486-1543) जर्मन कैथोलिक धर्मगुरु थे, जो कैथोलिकेतर बात करने वालों से वैचारिक/धार्मिक विमर्श/प्रतिवाद करते थे।

जाना जाता है। मार्टिन लूथर किंग, जूनियर (1929–1968) ने लिंकन स्मारक के सामने भाषण दिया। यह भाषण 'आई हैव ए ड्रीम' के नाम से प्रसिद्ध है। सभी युगों एवं सभी देशों के लिए यह एक दार्शनिकता के साथ वैज्ञानिक सोच वाला भाषण है, जो नस्लीय, जातीय-भेदभाव को समाप्त करने की प्रेरणा देता है। 4 अप्रैल, 1968 को उनकी हत्या कर दी गई। उन्होंने धार्मिक संगठनों एवं श्रमिक संगठनों का गठजोड़ तैयार किया था। वॉशिंगटन मार्च में ढाई लाख लोग आए थे। बौद्धिकता के सामने अनेक श्रेणियाँ होती हैं। बौद्धिक वर्ग का विचारों से जुड़ना, उसका पैरोकार होना अस्वाभाविक नहीं है। इससे उसकी बौद्धिकता कलंकित या खारिज नहीं होती है। बौद्धिक झुकाव के प्रति अपराधबोध रखे बिना विमर्श में शामिल होना लोकतंत्र को समृद्ध करता है। वैचारिक बौद्धिकता की जिम्मेदारी स्वतंत्र बौद्धिकों से कहीं अधिक होती है। वे विचार को प्रगतिशील बनाने, स्वीकार्यता बढ़ाने और न्यूनताओं से लड़ने का जोखिम उठाते हैं। विचार को नया रूप देना और विचार के भीतर संकीर्णतावाद से जूझना उनका बौद्धिक दायित्व और नैतिकता दोनों होती है। पचास एवं साठ के दशकों में भारत के राजनीतिक दलों के पास ऐसे बुद्धिजीवियों की उपस्थिति थी। इसने भारतीय लोकतंत्र को विचार-भूमि देने का काम किया। प्रकारांतर में इसका ह्रास सब तरफ से हुआ है। विचार के भीतर उसके बौद्धिक कॅरियरवाद के कारण कुछ पहल करने, आलोचनात्मक होने का साहस खो चुके हैं। इससे उनसे अधिक क्षति उस विचार की होती है, जिसका वे वैचारिक चेहरा होते हैं। साथ ही इससे दलीय (राजनीतिक) व्यवस्था भी शिथिल हो जाती है। वे मात्र प्रेस वक्तव्य बनाने में ही अपनी बौद्धिकता को ढालते हैं। 1950–1960 के दशक में यह तसवीर बुनियादी रूप से भिन्न थी। तब बौद्धिकों का मस्तिष्क आलोचनात्मक शक्ति का प्रदर्शन करता था। उनमें विपरीत विचार के लोगों के साथ मिलने और विमर्श करने की उत्सुकता बनी रहती थी। यह स्वभाव एक परंपरा के रूप में विकसित नहीं हो पाई। दलीय व्यवस्था (Party System) ने इसे ध्वस्त कर दिया। जो कुछ है, वह उसमें सहजता कम, कृत्रिमता ज्यादा है। ऐसे संबंधों से दलीय

व्यवस्था लाभान्वित नहीं हो पाती है। बौद्धिक सामाजिकता उनके मन की खुराक और स्वयं के मूल्यांकन में मदद करती है। परस्पर समझ विकसित करने में मतभिन्नता बाधा नहीं होनी चाहिए। एक-दूसरे के बौद्धिकता की प्रशंसा के द्वारा तर्कों से तकरार करना स्वस्थ बौद्धिक वातावरण को जन्म देता है।

एक घटना उल्लेखनीय है—कांग्रेस के नेता संपूर्णानंद (1890-1969) उत्तर प्रदेश के मुख्यमंत्री रह चुके थे। वे कांग्रेस के सिद्धांतों एवं आदर्शों के प्रति कटिबद्ध थे। जनसंघ के शीर्ष नेता पंडित दीनदयाल उपाध्याय (1916-1968) की मृत्यु के बाद उनकी जो 'पॉलिटिकल डायरी' छपी, उसकी प्रस्तावना उन्होंने लिखी। इस पुस्तक में पं. जवाहरलाल नेहरू (1889-1964) की नीतियों की कटु आलोचना के साथ जनतंत्र के व्यापक मूल्यों एवं आयामों पर उनका विचार था। जनप्रतिनिधि/उम्मीदवार कैसा हो, दल की संस्कृति कैसी हो, जैसे बुनियादी प्रश्नों पर प्रकाश डाला गया। यह प्रस्तावना न ही संपूर्णानंद को कांग्रेस के भीतर, न ही स्व. दीनदयाल उपाध्याय को जनसंघ के भीतर संदेहों या आलोचनाओं के दायरे में लाई। बाद में परिस्थितियाँ क्यों बदली, यह विचारणीय प्रश्न है।

जनसंघ से राज्यसभा सदस्य दत्तोपंत ठेंगड़ी (1920-2004) ने बारह वर्षों के संसदीय कार्यकाल (1964-1976) में धुर विरोधियों से स्वाभाविक रिश्ता जोड़ा। कम्युनिस्ट भूपेश गुप्ता हों या दूसरे सोशलिस्ट नेता, उन सबसे संबंधों की प्रगाढ़ता एक उदहारण है। यह अनुकरणीय है। परंतु राजनीतिक सामाजिकता में धीरे-धीरे कमी आती गई। यह भी लोकतंत्र के लिए दु:खद है। लैटिन अमेरिका के दो बुद्धिजीवी—ऑक्टावियो पाज (1914-1998) और गैब्रियल गार्सिया मार्क्वेज (1927-2014), दोनों को साहित्य में नोबेल पुरस्कार मिला था। एक दक्षिणपंथी तो दूसरे वामपंथी थे। दोनों एक-दूसरे के विचारों की आलोचना, परंतु व्यक्तित्व की सराहना करते थे। आज विचारों की उर्वरा भूमि लैटिन अमेरिका में भी यह परंपरा समाप्त हो गई है। पूरी दुनिया में इस चरित्र का विलुप्त होना चिंता का विषय है। लोक बौद्धिक

(Public Intellectual) अपने घरौंदे में सिमटते जा रहे हैं। श्रेष्ठता प्राप्त करना इच्छित होती है, पर श्रेष्ठता व्यवहार से लुप्त है। इतिहास एक गलत कालखंड से गुजर रहा है। इसे सही रास्ते पर लाना भी जमीनी बौद्धिकों की नैतिक जिम्मेदारी है। यह जिम्मेदारी तारों की तरह चमकते हुए नई पीढ़ी को इस बेबसी से निकलने का संदेश भी दे रही है।

मानसिक गुलामी कई रूपों में आती है। हम इसके प्रति सतर्क नहीं रहते हैं। यह शनैः-शनैः हमारे मन-मस्तिष्क को कमजोर कर देती है। फिर अपनी स्वतंत्रता और स्वायत्तता को पुनः प्राप्त करना आत्महत्या करने जैसे हो जाता है। नई पीढ़ी को स्वतंत्र मन-मिजाज से विचारों पर आलोचनात्मक भाव रखने की प्रेरणा देना, नव-बौद्धिकता का एक महत्त्वपूर्ण आयाम माना जाएगा। बौद्धिकता और राजनीति दोनों की प्रवित्तियाँ समान होती चली जा रही हैं। उत्तेजनात्मक और ऊटपटाँग बातें ही रुचिपूर्ण तरीके से परोसी जाती हैं और लोगों को उसे पचाने एवं स्वादिष्ट मानसिक व्यंजन की तरह चबाने के लिए तैयार कर लिया गया है। गंभीरता, उदारता और विद्वत्ता का यह ह्रास समकालीन राजनीति एवं बौद्धिकता को पिछली शताब्दी की तुलना में सतही बना देता है। तथ्य और तर्क के बिना शालीनता को त्यागकर किसी बात को प्रभावी नहीं बनाया जा सकता है।

टेलीविजन चैनलों द्वारा की जाने वाली राजनीतिक-सामाजिक बहसों ने गंभीरता को कुचलने का काम किया है। सतहीपन उनका चरित्र बन है। इस क्षति की पूर्ति करना दूसरा चुनौतीपूर्ण आयाम है। पानी के बुलबुले की आयु और आकर्षण वाली बातें सामान्य लोगों को गंभीरता की परिधि से दूर करने का काम करती है। यह सतहीपन संक्रमण की तरह फैल रहा है। 10 सितंबर, 1956 को 'दिनकर' ने राज्यसभा में बोलते हुए चेताया था—"मेरा खयाल है कि संसद में जो भाषण दिए जाया, उनमें अतिरंजित बातें नहीं रहनी चाहिए। उत्तेजना में आकर अतिरंजित बातों के कहने से देश में भ्रम फैलता है।" जो बातें संसद में कही गईं, वे बातें इलेक्ट्रॉनिक मीडिया और सोशल मीडिया के लिए भी लागू होती हैं। राजनीति और बौद्धिकता एक-दूसरे को सहयोग

करते हैं, पर जब वे परावलंबी हो जाते हैं तो बौद्धिक राजनीति में गुणात्मकता लाने या न्यूनताओं को दुरुस्त करने की क्षमता खो देते हैं। दोनों की स्वायत्तता बनी रहनी चाहिए। यह तभी संभव है, जब बौद्धिकता समाज केंद्रित हो तथा राजनीति, स्वाध्याय और सत्संग से विमुख नहीं रहे। पूर्ववर्ती दशकों में इसके अनेक उदाहरण हैं। आंध्र के प्रसिद्ध लेखक उन्नावा लक्ष्मी नारायण (1873–1958) ने 'मालपल्ली' (Malapalli), जिसका अर्थ है—'मालो (अस्पृश्यों) का गाँव' लिखा। यह इतना प्रभावी था कि प्रसिद्ध राजनेता एन.जी. रंगा प्रेरित हुए और 'हरिजन न्यायकुडु' नामक पुस्तक की रचना की। सिर्फ गांधी, विनोबा (1895–1982), जयप्रकाश ही नहीं, के.एम. मुंशी (1887–1971), दीनदयाल उपाध्याय, राम मनोहर लोहिया (1910–1967), भाई रघुवीर (1922–2000), मधु लिमये (1922–1995), पीलू मोदी (1926–1983), मीनू मसानी (1905–1998), राजगोपालाचारी (1878–1972), श्यामा प्रसाद मुखर्जी (1901–1953), एन.सी. चटर्जी (1895–1972), एच.वी. कामथ (1907–1982), किशन पटनायक (1930–2004), श्यामनंदन मिश्रा (1920–2004), इ.एम.एस. नंबूदरिपाद (1909–1998), जे.बी. कृपलानी (1888–1982), स्वामी करपात्री (1907–1982), डॉ. अंबेडकर (1891–1956), जवाहरलाल नेहरू, शंकर लाल नियोगी (1943–1991), के. कामराज (1903–1975), हरेकृष्ण मेहताब (1899–1987), मधु दंडवते (1924–2005) जैसे पूर्व की राजनीति के सैकड़ों नाम हैं, जो आज की तरह तकनीकी की उपलब्धता नहीं रहने और दलीय व्यस्तता के बावजूद ज्ञानार्जन के महत्त्व को समझते थे। इसी वैशिष्ट्य ने भारतीय लोकतंत्र की चमक-दमक को पश्चिम के सामने फीका नहीं पड़ने दिया। ये वे राजनेता थे, जिनका व्यक्तिगत पत्र भी पाठ्यपुस्तक के अध्याय बनने और स्कूल से लेकर विश्वविद्यालय तक गरिमामयी प्रभाव छोड़ने की क्षमता रखता था।

लैटिन अमेरिका से लेकर एशिया तक राजनीति बौद्धिकता-विरोधी बनती जा रही है। इस ह्रास को रोकना नव-बैद्धिकता के सामने एक नैतिक प्रश्न है। राजनेता, पार्टी या विचार बदलते रहते हैं। मन में बदलाव आना

न ही गलत है और न ही अनैतिक; लेकिन यह तार्किक और तथ्यपूर्ण अवश्य होना चाहिए। तब यह अवसरवाद नहीं, मन-मस्तिष्क में परिवर्तन का परिणाम होता था। ऐसे पात्रों की राजनीतिक नैतिकता होती है तथा वे अपने विचार में आए परिवर्तन से समाज को अवगत कराते थे। तब वे इसे स्पष्ट रूप से तर्कों के साथ समाज के सामने रखते थे। मीनू मसानी कांग्रेस-सोशलिस्ट पार्टी के अग्रणी नेता थे। पर बाद में उन्हें इस विचारधारा में न्यूनताएँ नजर आईं। वे स्वतंत्र पार्टी के नेता बने। इसके पूर्व 1944 में उन्होंने इस परिवर्तन पर लिखा था—'सोशलिज्म रीकंसीडर्ड'। विचारों का अंतर और उसमें टकराव अस्वाभाविक नहीं है, न ही गलत। पर यह टकराव जब सामाजिकता के बोध को समाप्त कर दे तो यह विषम परिस्थिति को जन्म देता है। मसानी ने प्रजा सोशलिस्ट पार्टी के अध्यक्ष और अपने मित्र गंगा शरण सिंह (1905-1988) को पत्र लिखकर 'सोशलिस्ट' शब्द हटा देने की सलाह दी थी। इसके जवाब में उन्होंने कहा था कि यह 'व्यावहारिक प्रस्ताव' नहीं है। श्यामा प्रसाद मुखर्जी 'हिंदू महासभा' के सदस्य थे और उसके अध्यक्ष भी रह चुके थे। जनसंघ की स्थापना के बाद वे इसके अध्यक्ष बने। उन्होंने अपने वक्तव्यों में एक नहीं, अनेक बार हिंदू महासभा को छोड़ने के कारणों एवं नए दल बनाने की आवश्यकता पर प्रकाश डाला था। भाई रघुवीर कांग्रेस छोड़कर जनसंघ में आए। उन्होंने नेहरू से चीन-नीति पर अपने नीतिगत मतभेद को राज्यसभा में रखा था। जयप्रकाश नारायण और राम मनोहर लोहिया के मतभेद या कृपलानी और कांग्रेस नेतृत्व के मतभेद खुलकर सामने आए थे। पर वे व्यक्तिगत न होकर वैचारिक थे। प्रकारांतर में वैचारिक पक्ष गौण हो गया और राजनीति साँप-सीढ़ी का खेल बन गया। किसी भी कालखंड में जब सामाजिक और बौद्धिक वर्ग में अस्पष्टता रहती है और उनके सोच का साँचा कमजोर पड़ जाता है, तब राजनीतिक नेतृत्व बौद्धिकता पर हावी हो जाता है। सभी विषय राजनीति के दायरे में आने लगते हैं। असमर्थता के बावजूद राजनीति उसका हल निकालने के एकाधिकार को प्रदर्शित करती है। बौद्धिक वर्ग सिर्फ समर्थन या विरोध की प्रतिक्रिया

देकर अपना काम पूरा मान लेता है। यूरोप, अमेरिका सहित प्रायः सभी देश कमोबेश इस संकट से गुजर रहे हैं।

राष्ट्रीय जीवन में अनेक प्रश्न होते हैं, जिनका मंथन राजनीति के दायरे से बाहर होने से उसके समाधान निकलने की संभावना बँट जाती है, तब ध्रुवीकरण की आशंका और कटुता का खतरा भी कम हो जाता है। बौद्धिकों ने इस दायित्व से हाथ खींच लिया है। पुस्तक या लेख लिखना, सेमिनारों में बोलना बौद्धिकों का स्वाभाविक कर्म होता है। पर समाज में नए प्रयोग करना, समाज के विभिन्न आयामों के साथ समरस होकर काम करना और परिस्थितियों की माँग को लेकर सड़क पर लोगों के साथ संघर्ष करना ही बौद्धिकता की ताकत को समृद्ध करता है। बौद्धिक वर्ग तो अपनी उपस्थितिमात्र से अपनी छाप छोड़ता है। व्यवस्था की खिन्नता से वह कमजोर नहीं पड़ता है, बल्कि प्रताड़ना से वह भविष्य के इतिहास का उदाहरण बन जाता है।

रामवृक्ष बेनीपुरी (1899-1968) और मज़रूह सुल्तानपुरी (1919-2000) नेहरूवादी शासन में दमन के शिकार हुए थे। उनकी सच कहने की पात्रता उस व्यवस्था को लहू-लुहान करती रही। वैसे ही, जैसे लोकमान्य तिलक का 'केसरी' में लेखन के कारण साम्राज्यवादी बेचैन होते थे। तिलक को लेखनी के कारण जेल जाना पड़ा। स्वतंत्रता आंदोलन के दौरान इलाहाबाद से छपने वाले 'स्वराज' के तीन साल में नौ संपादकों को जेल जाना पड़ा, यह सब साम्राज्यवाद की ताकत को मजबूत नहीं, कमजोर करता रहा। ऐसी पात्रता ही बौद्धिकों को नैतिक रूप से बलशाली बना देती है।

'जनसत्ता' के रविवारीय संस्करण के पाक्षिक स्तंभों में विभिन्न सामाजिक, सांस्कृतिक, राजनीतिक विषयों पर मेरा लेख छपा। लेख स्वाध्याय, स्वानुभव और स्वदृष्टि के संयोग से निकली अभिव्यक्ति होता है। सुखद पक्ष रहा संपादक या प्रकाशक का कोई प्रत्यक्ष या अप्रत्यक्ष निर्देश नहीं होना। अभिव्यक्ति की यह स्वतंत्रता जिम्मेदारी को और भी बढ़ा देती है। किसी भी लेखक का किसी विचार समूह से वैचारिक संबंध और सक्रियता

होना अस्वाभाविक नहीं है, पर उसकी स्पष्टता होनी चाहिए। इस संबंध में न मैं, न ही पाठक मेरे वैचारिक पक्ष से अपरिचित हैं। परंतु लिखते समय अधिकतम सामाजिक, राजनीतिक एवं सांस्कृतिक सरोकारों के प्रति सजग रहना ही लेखक की नैतिक जिम्मेदारी होती है। लेखों में ऐतिहासिक प्रसंगों एवं व्यक्तित्वों को लाकर वर्तमान के वैचारिक 'संस्कृति के प्रवाह' के पक्ष को अधिक सशक्त करने का प्रयास रहा है।

'जनसत्ता' स्वर्गीय रामनाथ गोयनका (1904-1991) द्वारा स्थापित 'इंडियन एक्सप्रेस समूह' का पत्र है। यह समूह अपनी निष्पक्षता और लोक-स्वर के प्रतिनिधि के रूप में स्थापित है। छात्र-जीवन में वर्ष 1987-89 के दौरान 'एक्सप्रेस समूह' पर राजनीतिक व्यवस्था द्वारा सुनियोजित हमला हुआ था। यह प्रेस की स्वतंत्रता पर आपातकाल के पहले या बाद के कालखंड की सबसे बड़ी चोट थी। गोयनका झुके नहीं, न ही पत्रकारों की टीम झुकी। उस वक्त मुझे भी उस संघर्ष में छात्रों को जाग्रत् कर 'एक्सप्रेस' के पक्ष में खड़ा होने का अवसर मिला था। यह अनुभव अनमोल है। गोयनका प्रेरणा के स्रोत और अनुकरणीय हैं। नई पीढ़ी इन बातों से अनभिज्ञ है। यह किसी उदार लोकतंत्र के लिए शुभ संदेश नहीं है।

'जनसत्ता' के प्रधान संपादक श्री मुकेश भारद्वाज से मेरी पहली भेंट फरवरी 2016 में जवाहरलाल नेहरू विश्वविद्यालय (JNU) में चल रहे विवाद के संदर्भ में हुई थी। उन्होंने मेरा साक्षात्कार किया था, तब से निरंतर हमारा उनके साथ बौद्धिक संवाद चलता रहा। मूल्य अधिष्ठित राजनीति के जो कुछ गिने-चुने पैरोकार हैं, उनमें वे आते हैं। परस्पर बौद्धिक संवाद के क्रम में 'जनसत्ता' में पाक्षिक स्तंभ लिखने की बात आई। पिछले दो वर्षों से मेरा यह स्तंभ लेखन चल रहा है। तब से लगातार उनके साथ बौद्धिक संवाद चलता रहा। श्री भारद्वाज का सरोकार सिर्फ लेखों की गुणवत्ता से रहा है और 'क्या लिखना चाहिए और क्या नहीं', ऐसी बातों से दूर रहे। अभिव्यक्ति का प्रवाह तभी मजबूती के साथ चलता है, जब उसे किसी कोने से प्रत्यक्ष या परोक्ष सेंसर का भय नहीं हो। श्री भारद्वाज का यह लोकतांत्रिक भाव अत्यंत

ही प्रशंसनीय है। यह परंपरा निर्बाध गति से चलती रहनी चाहिए। इन्हीं पाक्षिक स्तभों का आवश्यक संपादन कर पुस्तक का स्वरूप दिया गया है।

लेखों को पुस्तक के रूप में संग्रह का प्रस्ताव एक प्रकाशक का है। वे स्वयं बौद्धिक गतिविधियों से जुड़े रहते हैं। बौद्धिक गतिविधियों पर पैनी नजर के कारण ही उन्होंने 'जनसत्ता' में प्रकाशित लेखों को पुस्तक के रूप में लाना उपयोगी समझा। इस कार्य का संपादन दिल्ली विश्वविद्यालय में हिंदी की प्राध्यापक मीनू कुमारी ने किया है। रामजस कॉलेज (दिल्ली विश्वविद्यालय) में राजनीति विज्ञान के प्राध्यापक डॉ. राम बिलाश यादव ने इस कार्य में हर स्तर पर पूरे मनोयोग से सहयोग किए। दोनों को हार्दिक धन्यवाद!

परिवार के सहयोग के बिना राजनीतिक एवं बौद्धिक गतिविधियाँ करना संभव नहीं है। दोनों ही कार्यों में समय सबसे अधिक खर्च होता है। इस क्रम में परिवार की उपेक्षा स्वाभाविक है, लेकिन जब परिवार उन गतिविधियों को मिशन मान लेता है, तो वह उससे जुड़ जाता है और फिर कार्य साझा स्वरूप ले लेता है। तब उपेक्षा का भाव ही उत्पन्न नहीं होता है।

मेरे कार्यालय सहयोगी विकास कुमार टंकण (टाइपिंग) एवं अन्य प्रकार के कार्यों को सहृदय से किए। इस कार्य में प्रत्यक्ष या अप्रत्यक्ष सहयोग के लिए सभी लोगों को हार्दिक धन्यवाद!

दिनांक : 10.10.2024

—प्रो. राकेश सिन्हा

आभार

मानवीय चेतना, सभ्यतायी यात्रा और सांस्कृतिक सरोकारों को अपने लेखों के माध्यम से प्रो. राकेश सिन्हा ने दैनिक 'जनसत्ता' में अभिव्यक्त किया है। उन लेखों को संकलित और संपादन के साथ पुस्तक के रूप में प्रकाशन की अनुमति देने के लिए प्रो. सिन्हाजी का हार्दिक आभार और धन्यवाद। इन लेखों को उपलब्ध कराने के लिए 'जनसत्ता' के संपादक मुकेश भारद्वाजजी का सहयोग उल्लेखनीय है; उनके प्रति आभार व्यक्त करती हूँ। विचारणीय लेखों को पुस्तक का स्वरूप देने एवं प्रकाशित करने का कार्य प्रकाशक के सहयोग के बिना संभव नहीं होता; अतः इस प्रयोजन में पूरे मनोयोग से सहयोग प्रदान करने हेतु मैं प्रकाशक के प्रति आभारी हूँ। संपादकीय कार्य तथा महत्त्वपूर्ण सुझावों के साथ लगातार उत्साहवर्धन करने के लिए श्रीमती पूनम सिन्हा मैम को धन्यवाद ज्ञापित करती हूँ। इस संपादन कार्य में तल्लीनता के साथ लगातार सहयोग देने के लिए डॉ. राम बिलाश यादव का धन्यवाद। कार्यालय सहयोगी विकास कुमार ने हमेशा तत्परता से अपनी जिम्मेदारी निभाई। माता-पिता और गुरुजनों के आशीर्वाद के बिना कोई भी कार्य संपन्न नहीं हो सकता। पुस्तक 'संस्कृति का प्रवाह' भी उन सबकी शुभेच्छाओं का ही परिणाम है। प्रत्यक्ष व अप्रत्यक्ष रूप से सहयोग के लिए उन सबका हृदय से धन्यवाद।

अनुक्रम

कलम का संकट

किस्सा रोचक, लेकिन गंभीर प्रश्न को सामने लाने वाला है। मूर्धन्य साहित्यकार फणीश्वरनाथ रेणु[1] बिहार विधानसभा चुनाव में 1972 में उम्मीदवार बने तब उनके मित्रों, शुभचिंतकों और सम्मान करने वालों की एक समान आपत्ति थी कि उनकी साहित्यकार, विचारक और अच्छे इनसान के रूप में दशकों से अर्जित प्रतिष्ठा को ठेस पहुँचेगी। पर वे नहीं माने। प्रतिष्ठा को ठेस पहुँची या नहीं, परंतु बौद्धिकता की भूमिका क्या हो, यह सवाल अनुत्तरित रहा, जो रेणु से कहा गया, वह आज भी शायद कहा जा सकता है। इसका कारण राजनीतिक संस्कृति में निम्नता कहा जा सकता है। परंतु इसमें दोष किसका है ? राजनीति और बौद्धिकता किसी भी समाज में साथ-साथ उपजते हैं। आखिर बौद्धिक पुरुषार्थ आदर्श समाज की कल्पना तक सीमित है या उसकी भूमिका कुछ और है। रूस के दो बड़े नामी चिंतकों और साहित्यकारों, लियो टॉलस्टॉय[2] और मैक्सिम गोर्की[3] की अपनी भूमिका थी। पर यथार्थ से संवाद में जो अल्पता थी, उस पर हग मैकलीन[4] ने उन दोनों की भूमिका को 'ए क्लैश ऑफ यूटोपिया' में समेटा है। विचारक निरर्थकता और सार्थकता के बीच जूझता है। यहाँ निरर्थकता का तात्पर्य निम्न बौद्धिक उत्पादकता नहीं है। उसके उच्च बौद्धिक सृजन का उपयोग मानसिक विलासिता के लिए किया जाना है। सार्थकता का अर्थ विचार को प्रयोगशाला अर्थात् पुस्तक लेखन या व्याख्यान के पार समाज के यथार्थ के साथ साक्षात्कार कराना है। हम अपनी ही हाल की विरासत से समकालीन राजनीतिक संस्कृति, जो रेणु जैसे लोगों

के लिए अनुपयुक्त मानी जाती है, का समाधानात्मक उत्तर देता है। स्वतंत्रता आंदोलन में दो युग पुरुषों—गोपालकृष्ण गोखले[5] और महात्मा गांधी के बीच सहज संबंध था, इसलिए गोखले बनाम गांधी सुनकर अटपटा लगेगा। पर यह इसलिए सत्य है कि दोनों के बीच परस्पर समझ होते हुए भी दोनों बौद्धिकता के उपयोग में जमीन–आसमान में अंतर की तरह थे।

गोखले बौद्धिक चिंतन और अभिव्यक्ति में श्रेष्ठता के प्रतीक थे। वे लिख और बोलकर समाज/राजनीति/संस्कृति में बदलाव के सारथी थे। अलग प्रकार की प्रसिद्धि और प्रतिष्ठा थी, जिसके कारण देश के कुछ हिस्सों में जाने पर लोग बड़ी संख्या में देखने और सुनने आते थे। सामाजिक, अकादमिक और राजनीतिक कुलीनों की जमात के वे हिस्से होते थे। समाज की अच्छी समझ उन्हें लोकप्रिय बनाती थी। बाल गंगाधर तिलक हों या महादेव गोविंद रानाडे[6] सबके सब कमोबेश उसी प्रवृत्ति से परिश्रम और त्याग करते थे। गांधी ने उस बौद्धिक सामंतवाद को नकार दिया। 1915 में भारत आए और 1917 में चंपारण चले गए। इन्होंने श्रेष्ठ बौद्धिकों को आकर्षित किया और उन्हें महानगरों या शहरों से दूर गाँव, तहसील, जिला स्तर पर वहाँ के यथार्थ, लोगों को समझ और राजनीतिक दृष्टि से साक्षात्कार करने की प्रेरणा दी। यह बौद्धिकता का अद्भुत प्रयोग था, जिसे न तो अमेरिका के स्वतंत्रता संग्राम, न ही फ्रांस या बोल्शेविक क्रांति में देखा गया था। इसी नई प्रवृत्ति ने स्वतंत्रता संग्राम को सशक्त तो किया ही, सुदूर गाँवों में जहाँ पाठशाला भी नहीं थी, वहाँ लोगों में स्वचिंतन और आलोचनात्मक दृष्टि का विकास किया। जब तक वह पीढ़ी रही, राजनीतिक संस्कृति में विमर्श तार्किक रहा। उस पीढ़ी के अवसान के साथ–साथ बौद्धिक सामंतवाद फिर अपनी चौहद्दी में आ गया। उस काल के गांधी, पटेल, नेहरू, मालवीय, आंबेडकर, सावरकर, मौलाना आजाद आम लोगों के बीच साक्षात्कार, संघर्ष करते हुए स्वाध्याय और स्वलेखन को दुर्बल नहीं होने दिया। गांधी का 'यंग इंडिया'[7] और 'हरिजन'[8]; मालवीय का 'लीडर' और 'अभ्युदय'[9]; आंबेडकर का 'जनता'[10] और 'बहिष्कृत भारत'[11]; डॉ. हेडगेवार का 'स्वातंत्र्य'[12] काल्पनिक बौद्धिकता

(यूटोपिया) का शिकार नहीं था। ये वर्तमान से पीढ़ियों को स्थानीयता से वैश्विकता को संदेश देते थे।

समकालीन समाज में वो बौद्धिकता सुरक्षित जोन में रहना चाहती है। इसलिए उसकी चाह और राजनीतिक संस्कृति में बड़ा अंतर रहता है। यदि गोखलेवादी प्रवृत्ति की जगह बौद्धिक वर्ग गांधीवादी राजनीतिक प्रयोग को अपना ले तो राजनीतिक संस्कृति में बदलाव अवश्यंभावी होगा। फिर किसी रेणु को कृत्रिम दुनिया में रहने का सुझाव या उलाहना नहीं मिलेगा।

समकालीन समाज का संकट भौतिक प्रगति में अल्पता न होकर बौद्धिकता का व्यवसायवादी बन जाना है। आज ऑक्सफोर्ड, हार्वर्ड से लेकर जवाहरलाल नेहरू विश्वविद्यालय तक समान विमर्श की प्रवृत्ति विद्यमान है। दिन-प्रतिदिन के झंझटों से जूझना ही बौद्धिक पुरुषार्थ बन गया है। शाश्वत समस्या के स्थान पर नश्वर चुनौतियों से जूझना मौलिक चिंतन और बौद्धिक क्षमता में ह्रास का सूचक है। भौतिकता के पीछे जो ताकतें हैं, वे बौद्धिकता की सीमाएँ ही तय नहीं कर रही हैं, कलम की स्याही का रंग भी निर्धारित कर रही हैं। इसने सूक्ष्म स्तर पर बौद्धिक सृजन को रोकने का काम किया है। ऐसा सृजन सर्वदा अनियोजित और अनौपचारिक रूप में ही होता है। मार्क्सवादी मुख्यधारा से अलग हटने पर जर्मनी की चिंतक और क्रांतिकारी रोजा लक्जमबर्ग[13] की हत्या कर दी गई थी। पर उन्होंने 1916 में जेल में जो लिखा था, वह अत्यंत प्रासंगिक है, 'अलग हटकर सोचने वाले की स्वतंत्रता ही हमेशा स्वतंत्रता होती है।' भारत ही नहीं, दुनिया के अन्य हिस्सों में उस स्वतंत्रता की खोज और बौद्धिकों को व्यावहारिक भूमिका में संकट से जूझ रहे समाज-संस्कृति का समाधान निहित है। भारत के पास जो विरासत है, उस पर सिंहावलोकन की जरूरत है। बौद्धिकता का ठोस स्वरूप वर्तमान और भविष्य, यथार्थ और आदर्श दोनो का सेतु बनता रहा है। बौद्धिकों की कठोर साधना ने भारत को वैचारिक श्रेष्ठता दी है। प्राचीन काल के नैमिषारण्य (जिसका अर्थ बुद्धि का जंगल है) में 88,000 ऋषि-विचारकों ने बारह वर्ष तक विमर्श किया था। कलम के संकट के समाधान की कुंजी नैमिषारण्य से चंपारण तक के प्रयोगों में विद्यमान है।

संदर्भ—

1. फणीश्वरनाथ रेणु (1921–1977) का जन्म बिहार के पूर्णिया जिले के औराही हिंगना गाँव में हुआ था। वे हिंदी साहित्य के एक प्रतिनिधि लेखक थे। 'मैला आँचल', 'परती परिकथा', 'तीसरी कसम' आदि उनकी प्रमुख रचनाओं में शामिल हैं। आंचलिक साहित्य का उन्हें पुरोधा माना जाता है, वे 1974 में व्यवस्था बदलाव के लिए लोकनायक जयप्रकाश नारायण के नेतृत्व में हुए आंदोलन के हिस्सा बने, लोकतंत्र पर तत्कालीन शासन द्वारा दमन के विरोध में उन्होंने राज्य प्रदत्त पद्म सम्मान वापस कर दिया और बीमारी की अवस्था में राज्य द्वारा प्रस्तावित वित्तीय सहायता को नकार दिया था, वे साहित्य को समाज, जनतंत्र और बदलाव का माध्यम मानते थे, उनका संपूर्ण जीवन इसका उदाहरण है, उन्होंने अपनी रचनाओं में ग्रामीण भारत का जीवंत एवं यथार्थवादी चित्र प्रस्तुत किया है।
2. लियो टॉलस्टॉय (1828–1910) रूस के एक उपन्यासकार और विचारक थे। उनकी प्रमुख रचनाओं में 'वॉर एंड पीस' और 'अन्ना कारेनिना' शामिल हैं। टॉलस्टॉय ने अपने लेखन में मानवीय पक्ष और नैतिक बल को उभारा है।
3. मैक्सिम गोर्की (1868–1936) रूसी चिंतक और राजनीतिक कार्यकर्ता थे। गोर्की ने अपने लेखन में अपने जीवन के कठिन अनुभवों और रूसी समाज के निम्न वर्गों की दुर्दशा का चित्रण किया। उनकी प्रमुख कृतियों में 'मदर' और 'माय चाइल्डहुड' शामिल हैं।
4. हग मैकलीन ने अपनी पुस्तक 'इन क्वेस्ट ऑफ टॉलस्टॉय' (2008) के अध्याय 'ए क्लैश ऑफ यूटोपिया : टॉलस्टॉय एंड गोर्की' में दोनों की समाज में साहित्य की भूमिका और यथार्थ से उनके संवाद के बारे में प्रकाश डाला है।
5. गोपालकृष्ण गोखले (1866–1915) स्वतंत्रता सेनानी थे। महात्मा गांधी इन्हें अपना राजनैतिक गुरु मानते थे। 1905 में उन्होंने 'सर्वेंट्स ऑफ इंडिया सोसाइटी' की स्थापना की। वे 1902 से 1915 तक इंपीरियल लेजिस्लेटिव कौंसिल के सदस्य थे। भारतीय राष्ट्रीय कांग्रेस के 1905 के बनारस अधिवेशन की अध्यक्षता भी की। उन्होंने नागपुर से प्रकाशित अंग्रेजी साप्ताहिक 'द हितवाद' समाचार-पत्र का प्रकाशन शुरू किया था।
6. महादेव गोविंद रानाडे (1842–1901) न्यायविद् और प्रभावी समाज सुधारक थे। विधवा विवाह, महिला शिक्षा और जातिगत भेदभाव का उन्मूलन उनके सामाजिक दर्शन का अभिन्न हिस्सा था। उन्होंने इंडिया सोशल कॉन्फ्रेंस

(1887) की स्थापना की थी, जिसने अपने सम्मेलनों के द्वारा व्यापक परिवर्तन की भूमि तैयार की, वे भारतीय राष्ट्रीय कांग्रेस के संस्थापकों में से एक थे। 'राइज ऑफ द मराठा पावर' (1900) उनकी प्रमुख कृति है।

7. 'यंग इंडिया' पत्रिका का प्रकाशन 1919 में महात्मा गांधी ने किया था, जो 1931 तक प्रकाशित हुई।
8. 'हरिजन' महात्मा गांधी द्वारा स्थापित और संपादित एक साप्ताहिक पत्रिका थी, इसका प्रकाशन 1933 से हुआ। इसमें महात्मा गांधी ने व्यापक सामाजिक प्रश्नों को उठाया और यह पत्रिका विभिन्न प्रश्नों पर विमर्श का मंच भी बनता रहा।
9. स्वतंत्रता आंदोलन के दौरान जनचेतना को परिष्कृत करने के लिए मदन मोहन मालवीय ने 'अभ्युदय' का प्रकाशन 1907 में शुरू किया, जो 1915 से दैनिक पत्र में परिवर्तित हो गया।
10. 'जनता' मराठी साप्ताहिक पत्र की शुरुआत बाबासाहेब आंबेडकर ने 24 नवंबर, 1930 को की थी।
11. 'बहिष्कृत भारत' 1927 में बाबासाहेब आंबेडकर द्वारा शुरू की गई एक पत्रिका थी। इस पत्रिका का उद्देश्य दलितों और पिछड़े वर्गों के अधिकारों की रक्षा करना और उन्हें सामाजिक न्याय दिलाना था।
12. 'स्वातंत्र्य' नागपुर से प्रकाशित मराठी पत्र था, पहले साप्ताहिक बाद में दैनिक बना, राष्ट्रीय स्वयंसेवक संघ के संस्थापक डॉ. केशव बलिराम हेडगेवार 1923-24 में इसके संपादक थे, साम्राज्यवाद विरोधी पत्र के रूप में यह शीघ्र ही लोकप्रिय हो गया। उनके संपादक बनते ही इसका प्रसार 1200 प्रतियों से अधिक हो गया था, इस पत्र ने मिल मजदूरों की हड़ताल पर उनका साथ दिया, जिससे मिल मालिकों ने विज्ञापन देना बंद कर दिया। अंतत: वित्तीय संकट और साम्राज्यवादी दमन के कारण यह पत्र बंद हो गया।
13. रोजा लक्जमबर्ग (1871-1919) एक जर्मन क्रांतिकारी थीं। उन्होंने जर्मन सोशल डेमोक्रेटिक पार्टी (SPD) और बाद में जर्मन कम्युनिस्ट पार्टी (KPD) में अपनी भूमिका निभाई। 'अक्कुमुलेशन ऑफ कैपिटल' और 'द रशियन रेवोल्यूशन' उनकी प्रमुख कृतियों में शामिल हैं। सोवियत कम्युनिस्ट पार्टी से उनका गंभीर मतभेद था। प्रसिद्ध बर्लिन विद्रोह (1919) के दौरान उनकी हत्या कर दी गई और गटर में इनके पार्थिव शरीर को फेंक दिया गया था।

□

बौद्धिकता : उपभोक्तावाद के दौर में

पहले की तुलना में पुस्तक पढ़ने की लालसा और क्षमता दोनों घटी हैं। इसके बावजूद 2010 में तेरह करोड़ पुस्तकें प्रकाशित हुई थीं। अकेले भारत में 2022 में नब्बे हजार शीर्षक पर पुस्तकें प्रकाशित हुई थीं। नई पीढ़ी सोशल मीडिया पर अधिक समय गुजारती है। कम शब्दों में व्यक्त विचार पर सकारात्मक और नकारात्मक प्रतिक्रियाएँ आती हैं और इसी को विमर्श मान लिया जाता है। मन हलके तरह से हलकी भाषा में बोलने और लिखने की आदत के चक्रव्यूह में फँसता जा रहा है। यह वैश्विक प्रवृत्ति है। इसके कारण और परिणामों पर चिंता की जगह चिंतन आज के दौर में उपलब्धि मानी जाएगी। विज्ञान अपनी तरह से उन्नति कर रहा है। उसकी प्रगति में मनुष्य को श्रमजीवी से तकनीकीजीवी बनाना लक्ष्य है। शहरों, महानगरों में आर्थिक संपन्नता और तकनीकी उपलब्धता ने मनुष्य को शारीरिक श्रम से दूर किया है। इसका फलक दिनोंदिन बढ़ता जा रहा है। डर है कि मनुष्य तकनीकी की तरह और तकनीकी मनुष्य की तरह न व्यवहार करना शुरू कर दें। यह प्रश्न उठाता है कि क्या विज्ञान अपने आप में स्वायत्त एवं संप्रभु है। आज ऐसा ही लग रहा है। दूसरे क्षेत्रों, आध्यात्मिक दर्शन, सामाजिक-सांस्कृतिक चिंतन आदि में प्रगति का सूचकांक कम होने से उनका प्रभाव घटा है। सदियों से पीढ़ी-दर-पीढ़ी को पुरानी संरचना और कर्मकांड में बाँधकर रखने का काम उन्हें भौतिकवाद से मुक्ति दिखाता है, जिसे भारतीय दर्शन में चार्वाक[1] कहा गया है।

उदाहरणार्थ, अमेरिका में चर्च की सदस्यता 1937 में 73 प्रतिशत थी, जो घटकर 2020 में 47 प्रतिशत रह गई है।[2] यूरोप एवं अन्य इसाई भूभागों में भी इस प्रवृत्ति का बोलबाला है। नौजवानों को नई खोज, नए उपभोग की सामग्री उत्तेजित करती है। विज्ञान की सार्थकता समाज के उत्थान में है, पर विज्ञान भौतिकता को बढ़ाकर मनुष्य के मस्तिष्क को सामाजिक स्तर पर बंजर बना रहा है। इसलिए अध्यात्म, दर्शन, संस्कृति की भूमिका अहम हो जाती है।

जब अध्यात्म मानव जीवन मूल्यों को दर्शन के रास्ते परिभाषित करता है और उसे उस विचार को पढ़ने, सुनने, आत्मसात् करने में व्यक्ति अपना सशक्तीकरण देखता है, तब आध्यात्मिक दर्शन की चौहद्दी फैलती जाती है। यही मस्तिष्क सृजनकर्ता बनता है। इसे मस्तिष्क की उत्पादकता भी कहते है। इसमें मानसिक श्रम और समय दोनों की आवश्यकता होती है। कर्मकांड से बँधी संस्थाएँ सृजन का कार्य नहीं कर पाती हैं, मस्तिष्क बंधक बना रहता है।

भारत की स्थिति भिन्न रही है। भारतीय दर्शन को अध्यात्म से अलग नहीं किया जा सकता, इसलिए अध्यात्म कर्मकांड को आवश्यक मानता है, अनिवार्य नहीं। भारतीय परिवेश में जब व्यक्ति में आध्यात्मिक चेतना पैदा होती है, तब वह उसे अपने अधिनायकवाद में तब्दील कर अंतिम सत्य या पथ घोषित नहीं करता है। यही इसकी खूबी और खुशबू दोनों है। बुद्ध,[3] महावीर,[4] शंकराचार्य[5] अपने ज्ञान को मिल रही चुनौती से न पीछे हटते थे, न ही उसे दार्शनिक हिंसा मानते थे।

बौद्धिकता और दर्शन की सृजनशीलता व्यक्तिगत होती है। इसका दायरा भी सीमित होता है। परंतु यह आम लोगों को सोचने, समझने, उलझने की पूरी स्वतंत्रता देता है। इसलिए संरचनाओं के निर्माण की आवश्यकता पड़ती है। शंकराचार्य ने चार धामों[6] की स्थापना की। प्रत्येक धाम अपने आप में स्वायत्त है। ये धाम मूलतः दर्शन और मूल्यों की सृजन के पीठ के रूप में थे, जिसमें संस्कृति के प्रवाह को संदर्भित करने की क्षमता होती थी। आठवीं शताब्दी में स्थापित ये धाम इक्कीसवीं शताब्दी में अपनी कितनी सृजनशीलता बनाए हुए है, यह अध्ययन का विषय है। असम और बंगाल में पंद्रहवीं सदी

में शंकरदेव[7] ने सत्रों की स्थापना की थी। ये विचार-विनिमय के एक सक्षम केंद्र थे। अब वे मूलतः संस्थाओं के रूप में रह गए हैं। वे आस्था के केंद्र एवं विरासत बनकर सिमट गए हैं। महाराष्ट्र में 13वीं शताब्दी में समाज परिष्कार की मौलिक परंपरा कीर्तन (भजन मंडली) शुरू हुई थी। एकनाथ[8], तुकाराम[9], नामदेव[10], ज्ञानदेव[11] के प्रवचनों को नृत्य, संगीत, कथा वाचन एवं अभिनय के द्वारा अभिव्यक्त किया जाता था। बौद्ध विद्वानों के बीच सामयिक प्रश्नों के साथ उसकी सार्थकता को लेकर तीन प्रसिद्ध विशाल परिषदों—राजगीर, वैशाली और पाटलिपुत्र में दो हजार वर्ष पूर्व हुई थी। ये विचार विनिमय एकांगी नहीं होते थे। समाज, संस्कृति, प्रकृति, विज्ञान, मनुष्य सभी पक्षों को विचारणीय माना जाता था। ये यही मूल दर्शन अंततः साहित्य, समाजशास्त्र, शासन कला और राजनीति को प्रभावित करता था। यह इस बात का भी सूचक है कि संस्थानों का स्वस्थ होना, स्वायत्त होना और स्वतंत्र विचार-विमर्श का केंद्र होना कितना आवश्यक है। वे मानव की प्रगति को सुनिश्चित करते हैं, प्रगति का तब तात्पर्य भौतिकता का ऐश्वर्य नहीं, समष्टि को प्रभावित एवं परिष्कृत करने वाले दर्शन का निर्बाध प्रवाह है।

उपनिषद् तभी तो चिरंजीवी बना हुआ है। प्रकारांतर में मस्तिष्क उत्पादक कम उपभोक्ता अधिक बन गया है। वह सतह से नीचे जाकर चीजों को जानने, परखने की क्षमता खो रहा है, मनोरंजन की उपलब्धता उसके मस्तिष्क की भूख शांत करने के लिए अनिवार्य पहलू बन जाता है। उस मनोरंजन में तात्कालिकता तो है, पर दीर्घकालिता नहीं है। भारत में प्रवचन, रामधुन, आध्यात्मिक आयोजन ग्रामीण अंचलों में आम बात है। परंतु सत्संग वहाँ भी अल्पायु का सामना कर रहा है। भौतिकता ने मस्तिष्क को विलासी उपभोक्ता बना दिया है। यह व्यक्ति की उदात्तता को न सिर्फ कम कर रहा है, बल्कि उसे सीमित सामाजिकता में जीने के लिए बाध्य कर रहा है। एक भिन्न प्रकार का व्यक्तिवादी चरित्र विकसित हो रहा है। विज्ञान और भौतिकता की साँठगाँठ और भी प्रतिकूलता को जन्म दे रही है। विरासत की चादर ओढ़कर हम अपने कमजोर वर्तमान और बौद्धिक चरित्र को नहीं छिपा

सकते। प्राचीनता की उपयोगिता और उसके प्रभाव की अपनी सीमा है। बड़ा प्रश्न हमारे सामने है—क्या हम लघु शंकराचार्य, लघु शंकर देव, लघु नामदेव बनकर समाज को सजाने, सँवारने और अंधी गली में भटकने से बचने की संकल्प क्षमता पैदा कर सकते हैं?

संदर्भ—

1. चार्वाक (600 BCE) भौतिकवादी चिंतक थे, जिनके अनुसार केवल प्रत्यक्ष अनुभव और इंद्रियों द्वारा प्राप्त ज्ञान ही सत्य है। जीवन का मुख्य उद्देश्य आनंद और सुख प्राप्त करना है और इसके लिए भौतिक सुख-सुविधाओं का उपभोग ही सर्वोत्तम मार्ग है। इसका सूत्र वाक्य है, "यावज्जीवेत सुखं जीवेद ऋणं कृत्वा घृतं पिवेत, भस्मीभूतस्य देहस्य पुनरागमनं कुतः", अर्थात् जब तक जियो सुख से जियो, ऋण लेकर जीवन जियो, यह शरीर जलने के बाद वापस नहीं आता।
2. गैलप न्यूज में प्रकाशित एक सर्वे के अनुसार, पश्चिमी देशों खासकर अमरीका में चर्च की सदस्यता में लगातार गिरावट देखी जा रही है। पिछले कुछ दशकों में, धार्मिक संबद्धता में कमी और औपचारिक धार्मिक गतिविधियों में भाग लेनेवालों की संख्या में उल्लेखनीय गिरावट आई है। 2021 की रिपोर्ट के अनुसार, पहली बार अमरीका में चर्च की सदस्यता 50% से नीचे गिर गई है। 1990 के दशक में, लगभग 70% अमरीकियों ने कहा था कि वे किसी धार्मिक संस्था के सदस्य हैं, जबकि 2020 में यह संख्या घटकर 47% हो गई।
3. गौतम बुद्ध (563 ईसा-483 पूर्व) बौद्ध धर्म के जनक थे। यह दुनिया का चौथा सबसे बड़ा धर्म है। लगभग 50.9 करोड़ लोग इसके अनुयायी हैं, जो कि विश्व की जनसंख्या का 6.6 % है। PEW रिसर्च 2020 के एक सर्वे के अनुसार दुनिया के दो देश भूटान और कंबोडिया बौद्ध धर्म को राज्य धर्म के रूप में मान्यता देते हैं, जबकि म्यांमार, लाओस, मंगोलिया और श्रीलंका इसे वरीयतावाले धर्म के रूप में मानते हैं। आश्चर्यजनक रूप से साम्यवादी चीन में 25.47 करोड़ लोग बौद्ध धर्म को मानते हैं, जबकि थाईलैंड में 6.61 करोड़, म्यांमार और जापान में 4.14 करोड़ तथा भारत में 1.01 करोड़ लोग इसके अनुयायी हैं। इसी

सर्वे के अनुसार कंबोडिया की कुल जनसंख्या का 96.8 %, थाईलैंड में 92.6%, म्यांमार में 79.8 %, भूटान में 74.7% और श्रीलंका में 68.6% लोग बौद्ध धर्म को मानते हैं।

4. महावीर स्वामी (599 BCE-527 BCE) जैन धर्म के 24वें और अंतिम तीर्थंकर थे। इन्होंने अहिंसा, सत्य, अस्तेय (चोरी न करना), ब्रह्मचर्य (संयम) और अपरिग्रह (अधिक संपत्ति का त्याग) जैसे सिद्धांतों की शिक्षा दी। नेशनल जियोग्राफिक के एक सर्वे के अनुसार जैन धर्म के अधिकांश अनुयायी भारत में ही हैं जिनकी संख्या 0.4 करोड़ से अधिक है, भारत के बाद अमरीका में 79 हजार, केन्या में 68 हजार और यू.के. में 17 हजार हैं।
5. आदि शंकराचार्य (788-820 CE) का जन्म केरल के एर्नाकुलम जिले के कलाड़ी गाँव में हुआ था, इन्होंने अद्वैत वेदांत के सिद्धांत को पुनःस्थापित किया और उन्हें व्यापक रूप से प्रचारित किया। उनके अनुसार ब्रह्म ही एकमात्र सत्य है और यह संसार माया या भ्रम है। शंकराचार्य ने चार मठों की स्थापना की—ज्योतिषपीठ (उत्तर में), श्रृंगेरी पीठ (दक्षिण में), द्वारका पीठ (पश्चिम में) और गोवर्धन पीठ (पूर्व में)।
6. चार धाम भारत के चार पवित्र तीर्थस्थल हैं—बद्रीनाथ (उत्तराखंड), द्वारका (गुजरात), पुरी (ओडिशा) और रामेश्वरम (तमिलनाडु)।
7. शंकरदेव (1449-1568) असम में भक्ति आंदोलन को प्रेरित करनेवाले संत थे। उन्होंने नववैष्णव आंदोलन की शुरुआत की, इसे 'एक-शरण-नाम धर्म' कहा जाता है, इसमें भगवान् विष्णु की भक्ति को केंद्रीय स्थान दिया गया। उनकी प्रमुख रचनाओं में 'किरतन घोषा' और 'भागवत पुराण' के अनुवाद शामिल हैं।
8. संत एकनाथ (1533-1599) महाराष्ट्र में भक्तिकालीन संत थे। उन्होंने भगवान विट्ठल की भक्ति को जन-जन तक पहुँचाया। उनकी प्रमुख रचनाओं में 'एकनाथी भागवत', 'भावार्थ रामायण' और 'रुक्मिणी स्वयंवर' आदि प्रमुख हैं।
9. संत तुकाराम (1608-1650) भक्तिकालीन संत थे, अपने काव्य के माध्यम से भक्ति और सामाजिक सुधार को प्रभावी स्वरूप प्रदान किया, उनके दर्शन का मूल भाव समानता है, जिसमें सभी संकीर्णताओं को समाप्त करने पर बल दिया गया।

10. संत नामदेव (1270–1350) भक्तिकालीन संत थे, भगवान् विट्ठल की भक्ति में सैकड़ों रचनाएँ कीं और भक्ति आंदोलन में अपना योगदान दिया।
11. संत ज्ञानदेव (1275–1296), जिन्हें संत ज्ञानेश्वर के नाम से भी जाना जाता है, इन्होंने मराठी भाषा में भगवद्गीता पर एक भाष्य लिखा जिसे 'भावार्थदीपिका' या 'ज्ञानेश्वरी' के नाम से जाना जाता है।

□

विचारों की विपन्नता

वर्ष 1841 में बंबई गजट[1] में संपादक के नाम आठ पत्र छपे, जिसने साम्राज्यवाद के सच को उजागर किया था। इसके लेखक भास्कर पांडुरंग थे। उन्होंने गहन शोध के द्वारा इन पत्रों में भारत के आर्थिक शोषण को उजागर किया था। पांडुरंग ने छद्म नाम व 'हिंदू' का उपयोग किया था। उन पत्रों ने राष्ट्रवादी विमर्श का स्वरूप ही बदल दिया। 1909 में लाला लालचंद[2] ने पंजाब में पंजाबी अखबार में छद्म नाम से संपादक के नाम 21 पत्रों में साम्राज्यवाद और हिंदुओं के हितों के प्रश्नों को उठाया। हर पत्र शिक्षित लोगों को झकझोरता था। उसी वर्ष बंगाली[3] (अंग्रेजी समाचार-पत्र) में कर्नल (सेवानिवृत्त) यू.एन. मुखर्जी ने 32 लेखों की श्रृंखला में जनसंख्या असंतुलन और हिंदू समाज की प्रवृत्तियों, सामाजिक-आर्थिक दृष्टि, विषमता के प्रति असंवेदनशीलता को उजागर किया। बाद में लालचंद और मुखर्जी दोनों के द्वारा लिखी गई सामग्रियों को पुस्तक का स्वरूप मिला। उन्नीसवीं और बीसवीं शताब्दी के आरंभिक दशकों में भारतीय मेधा ने अद्भुत रचनात्मकता और मौलिकता का परिचय दिया। उनके मन में विद्या, बुद्धि और चिंतन को व्यवसाय बनाने की कल्पना तक नहीं थी, वे साधक थे। ऐसे साधक सभ्यता को यांत्रिक और भौतिक नहीं होने देते हैं। उनका लक्ष्य मनुष्यता को समृद्ध करना होता है।

इस काल की एक और बात उल्लेखनीय है। विचार एक केंद्र से संचालित नहीं था। राष्ट्रीय नेताओं के अपने प्रकाशन थे। लोकमान्य बाल

गंगाधर तिलक दो अखबारों[4] केसरी (मराठी) और मराठा (अंग्रेजी में) का प्रकाशन और संपादन करते थे। महर्षि अरविंद, बिपिन चंद्र पाल, महात्मा गांधी, मदन मोहन मालवीय, डॉ. बाबा साहेब आंबेडकर सभी अखबारों का प्रकाशन और संपादन करते थे। यह न तो महत्त्वाकांक्षा का परिणाम था, न ही प्रतिद्वंद्विता का। तब साहित्य, पत्रकारिता, राजनीति के बीच अनूठा संबंध था। सतहीपन और तात्कालिकता से मुक्ति की चुनौती सबके सामने है। तब संपादक के नाम पत्र भी प्रभावकारी थे और अब पुस्तकें भी भीड़ का हिस्सा मात्र बन रही हैं। ऐसा नहीं है कि स्वतंत्र मन, बुद्धि, चेतनायुक्त रचनाकारों की प्रजाति पूरी तरह समाप्त हो गई है। 1931 में प्रो. कृष्ण चंद्र भट्टाचार्य ने कोलकाता में दिए गए आशुतोष मेमोरियल के व्याख्यान में इस प्रश्न को तब के संदर्भ में उठाया था। उन्होंने मानसिक दासता को राजनीतिक दासता से अधिक घातक बताया था।

वर्तमान लड़खड़ाता है, तब अतीत सहारा बनता है। खासकर उस समाज के लिए जिसका अपना लंबा इतिहास और गौरवशाली विरासत रही हो। एक अनुमान के अनुसार भारत के पास चार करोड़ पांडुलिपियाँ हैं, जो संभवतः यूरोप, अफ्रीका और अमेरिका की कुल पांडुलिपियों की तुलना में कई गुणा अधिक है। 1881 में पेशावर से कुछ दूर बख्शाली पांडुलिपि[5] मिली। शून्य लिखने का संकेत अंकित है। अर्थात् भारत में शून्य की जानकारी आर्यभट्ट से पूर्व थी। 2022 में एलेन एस्पेक्ट, क्लॉजर और एंटोन जिलिंगर को भौतिक शास्त्र में जिस बात के लिए नोबेल पुरस्कार मिला है, वह हजार साल पूर्व शंकराचार्य के दर्शन में वर्णित है। ऐसे अनगिनत ज्ञान के मंजर उपलब्ध हैं।

मुगल और औपनिवेशिक कालों की चुनौतियों के बावजूद हमारी सृजनशीलता समाप्त नहीं हो पाई। तुलसी से लेकर काशी के पंडित गंगाधर शास्त्री इसके प्रत्यक्ष प्रमाण हैं। 1903 में वायसराय लॉर्ड कर्जन ने शास्त्री से किसी विवाद को निबटाने के लिए मिलना चाहा तो शास्त्री ने अपनी परंपरागत वेशभूषा में ही जाने की शर्त रखी। कर्जन को झुकना पड़ा। शास्त्री की विद्वत्ता से प्रभावित होकर उनकी शिक्षा के बारे में जानना चाहा तो उनका उत्तर था,

"महाशय, मैं आपका अनुगृहीत रहूँगा, यदि भूमंडल में कोई मिल जाए और मेरे ज्ञान की परीक्षा ले ले, मुझे स्वयं उसकी थाह नहीं है।"

विचारों का पुनर्जागरण उसी समाजधर्मी चिंतन सृजन का नाम है, जिसमें नवनिर्माण की दृष्टि और रूपरेखा रहती है। अन्यथा कोल्हू के बैल की तरह लगातार चलने के बावजूद वे कहीं नहीं पहुँच पाते। इसके लिए त्रिगुणात्मक होने की आवश्यकता है। विरासत के साथ ही वर्तमान की चुनौतियों एवं भविष्य की पीढ़ियों को सामने रखकर हमें चिंतन-मनन, स्वाध्याय एवं सत्संग करने की जरूरत है।

भौतिकता की मार से विचारों की दुनिया अस्तित्व के संकट से गुजर रही है। रचनाओं की मात्रात्मक स्थिति अच्छी है, पर गुणात्मकता नहीं है। बिपिन चंद्र पाल 'सोल ऑफ इंडिया' के रचनाकार भी हैं। उनका उदाहरण अत्यंत ही प्रेरणादायक है। उनकी मृत्यु (20 मई, 1932) के बाद तब यूरोप के द्वारा संचालित 'द स्टेट्समैन' ने 22 मई के संपादकीय में लिखा था कि अपने जीवनकाल में वे अभावग्रस्त थे और हमारे स्तंभ के लेखन से मिले पारिश्रमिक के अतिरिक्त कुछ भी नहीं था। पर—पाल राष्ट्रीय आवश्यकता को महसूस कर रहे थे।

अपने जीवन मूल्यों, विविधता की व्यापकता और विरासत की विशेषताओं को जानना, समझना और स्वायत्तता के साथ रचनाधर्मिता का परिचय ही नई बुनियाद की तलाश मानी जाएगी।

संदर्भ—

1. 'बंबई गजट' बॉम्बे से प्रकाशित होनेवाला अंग्रेजी भाषा का एक समाचार-पत्र था। इसकी शुरुआत 1789 में 'बॉम्बे हेराल्ड' के नाम से हुई थी। बाद में 1791 में इसका नाम बदलकर 'बॉम्बे गजट' हो गया।
2. लाला लालचंद पंजाब के एक राष्ट्रवादी नेता थे, जिन्होंने स्वदेशी पर बल दिया था, स्वतंत्रता संग्राम में सक्रिय भागीदारी निभाई। 1894 में उन्होंने पंजाब नेशनल बैंक की स्थापना में महत्त्वपूर्ण भूमिका निभाई।
3. 'बंगाली' कोलकाता से प्रकाशित अंग्रेजी भाषा का समाचार-पत्र था,

इसकी शुरुआत 1862 में गिरीशचंद्र घोष ने की थी। सुरेंद्रनाथ बनर्जी इसके संपादक थे।

4. 'केसरी' और 'मराठा' क्रमश: मराठी और अंग्रेजी भाषा में पुणे से प्रकाशित समाचार-पत्र थी, जिनकी शुरुआत लोकमान्य बाल गंगाधर तिलक ने 1881 में की थी।
5. बख्शाली पांडुलिपि एक प्राचीन गणितीय पांडुलिपि है, जिसकी खोज 1881 में बख्शाली गाँव (वर्तमान पाकिस्तान के खैबर पख्तूनख्वा प्रांत) के पास हुई थी। यह पांडुलिपि भारतीय गणित के इतिहास में एक महत्त्वपूर्ण दस्तावेज है और इसे 'बिडेनब्लाट' नामक एक भिक्षु ने खोजा था। बख्शाली पांडुलिपि में अंकगणित, ज्यामिति और बीजगणित के विषय में विस्तृत जानकारी है, जिसमें दशमलव प्रणाली, शून्य का प्रारंभिक उपयोग और कई गणितीय सूत्र शामिल हैं। यह ताँबे के पत्रों पर लिखी गई है और इसमें संस्कृत और शारदा लिपि का उपयोग किया गया है।

□

बौद्धिकता का क्षरण

ताकत और प्रतिष्ठा का संयोग, वियोग और विकल्प हमेशा बना रहता है। ताकतवर होकर प्रतिष्ठा का एहसास नहीं होना मन-मस्तिष्क को कचोटता है। इसकी अनुभूति आधुनिक विश्व के अग्रणी देशों को भी रही है। इसे सहजता से देखा जा सकता है। इसी कारण वे शस्त्र से कम महत्त्व शास्त्र को नहीं दे रहे हैं। अमेरिका, ऑस्ट्रेलिया, फ्रांस, ब्रिटेन सहित यूरोप के अधिकांश देश अपनी वैचारिक, सांस्कृतिक और दार्शनिक श्रेष्ठता का प्रचार-प्रसार कर सभ्यताई छवि अर्जित करने की कोशिश कर रहे हैं। चीन ने तो अपने साम्यवादी चरित्र से आगे बढ़कर दुनिया में पौने दो सौ कनफ्यूशियस[1] केंद्रों की स्थापना की है और अपनी विरासत के प्रचार-प्रसार के लिए 82 हजार करोड़ से अधिक का वार्षिक बजट रखा है। पर चीन, अमेरिका सहित यूरोपीय देशों के पास दुनिया के सामने परोसने के लिए अत्यंत ही सीमित बौद्धिक एवं दार्शनिक संपदा है। इसके विपरीत भारत की सांस्कृतिक-बौद्धिक विरासत प्रचुरता से लबालब है। इसलिए इसे चीन की तरह भारी-भरकम बजट की आवश्यकता कदापि नहीं है। सिर्फ भारत के बुद्धिजीवियों को अपनी उस धरोहर और दर्शन-संस्कृति-साहित्य के विपुल भंडार में गोता लगाने की जरूरत है, जिसका सर्वथा अभाव दिखता है।

भारत के पास चिह्नित पचास लाख पांडुलिपियाँ हैं। यूरोप की सभ्यता मूलतः ग्रीक साहित्य दर्शन पर निर्भर है, जिसकी पांडुलिपियों की संख्या पचीस हजार से अधिक नहीं है। यह भारत की विदेश के पुस्तकालयों में

पड़ी पांडुलिपियों से भी कम है। अभी तक हम अपनी सभी पांडुलिपियों की थाह नहीं जान पाए हैं। विवेक देबराय[2] का अनुमान चार करोड़ पांडुलिपियों का है। यह अस्सी लिपियों में है। हमारा इतिहास सिर्फ समय के ही संदर्भ में बड़ा नहीं है, बल्कि महान् भी है। इसी मजबूत बुनियाद ने हजार वर्ष की गुलामी और बर्बर आक्रमणों के बावजूद हमारी अस्मिता को धूमिल नहीं होने दिया।

वर्ष 2014 में सत्ता परिवर्तन के साथ भारत आत्मविश्वास के साथ दुनिया के सामने अपनी विरासत के साथ खड़ा है। प्रधानमंत्री नरेंद्र मोदी ने उस उपेक्षित और छिपी ताकत को उभारने में कोई कसर नहीं छोड़ी है। इसका असर दिख भी रहा है, लेकिन क्या भारतीय बौद्धिकता इस सभ्यताई-पुनरुत्थान की चुनौती स्वीकार करने की प्रतिबद्धता, बौद्धिक परिश्रम और विमर्श का संदर्भीकरण करने की पात्रता दिखा रही है? यह प्रश्न महत्त्वपूर्ण है। विरासत पूजा का मंडप या सामग्री नहीं होती। न ही यह आभूषण की तरह श्रृंगार होता है। इसकी उपादेयता तभी होती है, जब वर्तमान उसका हिस्सा बनने की सामर्थ्य रखता है। पश्चिम के पास चाहे विरासत की जितनी भी अल्पता हो, वह विचार के महत्त्व को समझता है। ब्रिटेन, जर्मनी और अमेरिका के विश्वविद्यालयों की वैश्विक संदर्भ में शैक्षणिक एवं बौद्धिक गतिविधियाँ इसका उदाहरण हैं। ऑक्सफोर्ड, कैंब्रिज, हार्वर्ड सभी वैचारिक रंगों की प्रतिभा वाले बुद्धिजीवियों का स्वागत करते हैं।

हम अपनी पांडुलिपियों को भी नहीं पढ़ पाए। आँकड़ों से ही हम संतुष्ट हैं। विश्वविद्यालयों एवं शोध संस्थाओं में इसके प्रति रुझान नाममात्र का है। स्वाधीनता के बाद देश के बौद्धिक केंद्रों पर वामपंथियों का प्रभाव था। उन्होंने इसे प्रोत्साहित करना गैर-जरूरी समझा। इसका परिणाम हमारे सामने है। आज भी हम विदेशी मेहमान बुद्धिजीवियों के भारत-अध्ययन और उनकी कृतियों पर प्राय: निर्भर हैं। देश में वाम और दक्षिण के बुद्धिजीवियों में जाति व्यवस्था की तरह विभाजन ने इस पीड़ा को और भी बढ़ाने का काम किया है। इसने स्वतंत्र चेतना को कुचलने या हतोत्साहित करने का काम किया है।

किसी भी महान् विरासत वाले समाज की यह त्रासदी बौद्धिक सत्संग को मृतप्राय बना देती है। इस संदर्भ में लैटिन अमेरिकी बुद्धिजीवियों ने अधिक परिपक्वता दिखाई है। वामपंथी गैब्रियल गार्सिया मार्क्वेज[3] (1927–2014) और दक्षिणपंथी आक्टेवियो पाज[4] (1914–1998) का उदाहरण उपयुक्त है। दोनों को साहित्य सृजन में नोबेल पुरस्कार मिला था। दोनों कभी एक-दूसरे से मिले नहीं थे, लेकिन एक-दूसरे के प्रशंसक थे। इन्हीं विशेषताओं के कारण लैटिन अमेरिका के बुद्धिजीवियों की भूमिका ने लोगों को कभी उदासीन नहीं होने दिया। वहाँ की राजनीति विफल रही, लेकिन बौद्धिकता सफल रही है।

भारत में बीसवीं शताब्दी के पूर्वार्ध में जो बौद्धिक छटपटाहट और रचनात्मक पहल थी, उसे भारत की सभ्यताई अस्मिता की खोज के रूप में देखा जा सकता है। प्रत्येक बुद्धिजीवी एक योद्धा था। संसाधनों की अल्पता और परिस्थितियों की प्रतिकूलता उसे परास्त नहीं कर पाई। वे पत्र-पत्रिकाओं के द्वारा विरासत के आईने में वर्तमान को समृद्ध करते रहे। रामानंद चटर्जी द्वारा प्रकाशित 'मॉडर्न रिव्यू'[5] (1907–75), लोकमान्य तिलक का 'केसरी', मोतीलाल घोष का 'अमृत बाजार पत्रिका'[6], सुरेंद्र नाथ बनर्जी का 'बंगाली', गिरीशचंद्र घोष का 'हिंदू पैट्रियट'[7], फिरोजशाह मेहता का 'बॉम्बे क्रॉनिकल'[8], देशबंधु चितरंजन दास का 'नारायण'[9], अरविंद घोष का 'वंदे मातरम्'[10] जी.एस. अय्यर का 'स्वदेश मित्र'[11] आदि राष्ट्रवाद को सांस्कृतिक रूप से समृद्ध करते रहे।

उस काल की एक और खासियत थी। बौद्धिकता का जीवंत भ्रमण, जो दक्षिण में था, वह उत्तर और उत्तर का दक्षिण पहुँचता था। बौद्धिकता का प्रवाह थमना नहीं चाहिए। उस काल में भाषाई साहित्य का अनुवाद आम बात थी। इसने बुद्धिजीवियों एवं राजनेताओं को कूपमंडूक बनने नहीं दिया। 'अखिल भारतीयता' शब्द और कर्म दोनों में परिलक्षित होता था। राष्ट्रीय एकता और सांस्कृतिक विरासत दोनों साथ-साथ चलते रहे। इसलिए साम्राज्यवादियों ने हिंदी के जिन 138, उर्दू के 68, पंजाबी के 92, मराठी के 55, बांग्ला के

44, तमिल के 31, तेलुगू के 20 साहित्य समेत अन्य भाषाओं के साहित्य पर प्रतिबंध लगाया था, उनमें सांस्कृतिक राष्ट्रवाद का समान स्वर था।

स्वाधीनता के बाद बौद्धिक वर्ग राजनीति का हिस्सा बना, उससे अधिक घातक उसने स्वायत्तता का स्वयं समर्पण कर दिया। फिर रचनात्मकता और मौलिकता दोनों में गिरावट स्वाभाविक ही है। यह ह्रास चिंता का कारण है। इससे भी आगे बढ़कर हम स्थानीय साहित्य से सृजित कल्पनाशीलता के आधार पर भारत को परिभाषित करते रहे। यह भारत के विचार के साथ अन्याय है। तमिल, बांग्ला, तेलुगू, कन्नड़, ओड़िया, मराठी आदि भाषाओं में सृजित साहित्य अपनी-अपनी भाषाओं में सिमटता रहता है। एक भाषा के साहित्य से हम भारत को परिभाषित नहीं कर सकते, लेकिन यही हो रहा है। एक-दूसरे के साहित्य से अपरिचित रहना हमें खटकता नहीं है। इसलिए भारत की परिभाषा देते समय हम अपने पड़ोस की सांस्कृतिक-दार्शनिक धारा से उपार्जित मनोभाव को शामिल नहीं कर पाते हैं या वह आंशिक ही रहता है। सैकड़ों वर्ष पहले महाभारत या रामायण का अनुवाद जितनी भाषाओं में हुआ, उसकी कल्पना करना भी कठिन है।

आज 'मॉडर्न रिव्यू' या 'बंगाली' जैसा प्रकाशन भी नहीं है। दुर्भाग्य है कि इसकी आवश्यकता भी नहीं समझी जा रही है। अवर्णनीय बौद्धिक आलस्य और अकर्मण्यता के कारण बुद्धिजीवी स्वयमेव ही हलका और प्रभावहीन महसूस कर रहा है। यही कारण है कि भारत सॉफ्ट पावर को अपनी तरह से दुनिया के सामने रखने में पीछे है। देश के बुद्धिजीवियों में स्वयं ही नवजागरण की जरूरत है।

संदर्भ—

1. कन्फ्यूशियस (551 BCE-479 BCE) प्राचीन चीन के दार्शनिक, शिक्षक और राजनीतिज्ञ थे। वे कन्फ्यूशियस धर्म तंत्र के जनक थे, जो मुख्य रूप से नैतिकता, सामाजिक संबंधों, न्याय और सदाचार पर केंद्रित है। कन्फ्यूशियस की शिक्षा में मानवीयता (Ren), उचित व्यवहार (Li) और सही ज्ञान (Yi) का महत्त्वपूर्ण स्थान है।

2. विवेक देबराय (1955–2024) पद्मश्री से सम्मानित भारत के प्रमुख अर्थशास्त्री और प्रधानमंत्री के आर्थिक सलाहकार परिषद् के चेयरमैन थे। उनके अनुसार भारत की 40 मिलियन से अधिक सांस्कृतिक और धार्मिक पांडुलिपियाँ दुनिया भर में बिखरी पड़ी हैं जिनका संकलन और अनुवाद आवश्यक है।
3. गैब्रियल गार्सिया मार्केज (1927–2014) नोबेल पुरस्कार विजेता एक कोलंबियाई लेखक थे। मार्केज अपनी रचनाओं में मुख्य रूप से जादुई यथार्थवाद शैली के लिए जाने जाते हैं। 'वन हंड्रेड ईयर्स ऑफ सॉलिट्यूड', 'लव इन द टाइम ऑफ कॉलेरा' उनकी प्रमुख रचनाओं में हैं। सन् 1982 में उन्हें साहित्य के नोबेल पुरस्कार से सम्मानित किया गया।
4. ऑक्टेवियो पाज (1914–1998) एक मेक्सिकन कवि, निबंधकार और राजनयिक थे, जिन्हें 1990 में साहित्य के नोबेल पुरस्कार से सम्मानित किया गया। उनकी प्रमुख कृतियों में 'द लैब्रिंथ ऑफ सॉलिट्यूड' (El Laberinto de la Soledad) शामिल है।
5. 'मॉडर्न रिव्यू' ने स्वतंत्रता आंदोलन के दौरान राष्ट्रवादी भूमिका निभाई। यह कोलकाता से प्रकाशित होता था, जिसकी शुरुआत रामानंद चटर्जी ने की थी।
6. 'अमृत बाजार पत्रिका' बांग्ला तथा अंग्रेजी भाषा में प्रकाशित होनेवाला एक साप्ताहिक समाचार-पत्र था, जिसकी शुरुआत मोतीलाल घोष ने 1868 में की थी। यह समाचार-पत्र ब्रिटिश शासन के खिलाफ अपनी स्वतंत्र और निर्भीक पत्रकारिता के लिए प्रसिद्ध था।
7. 'द हिंदू पैट्रियट' अंग्रेजी भाषा में प्रकाशित होनेवाला साप्ताहिक समाचार-पत्र था, जिसकी शुरुआत गिरीशचंद्र घोष (1844–1912) ने 1853 में कलकत्ता से की थी। बाद में इसका प्रकाशन एच.सी. मुखर्जी द्वारा किया जाने लगा, जो साहस के साथ विभिन्न सामाजिक एवं राजनीतिक मुद्दों को प्रकाश में लाए।
8. 'बॉम्बे क्रॉनिकल' बॉम्बे से प्रकाशित होनेवाला एक अंग्रेजी समाचार-पत्र था, जिसकी शुरुआत 1913 में फिरोजशाह मेहता (1845–1915) ने की थी। यह साम्राज्यवादी शासन की आलोचना का एक प्रभावी पत्र था।
9. 'नारायणा' बांग्ला भाषा में प्रकाशित होनेवाली एक मासिक पत्रिका थी। इसकी शुरुआत 1914 में देशबंधु चितरंजन दास (1870–1925) द्वारा की गई थी।

10. 'वंदे मातरम' कलकत्ता से प्रकाशित होनेवाला एक राष्ट्रवादी समाचार-पत्र था, जिसकी शुरुआत 1905 में बिपिन चंद्र पाल द्वारा की गई थी। बाद में अरविंद घोष ने भी इसके संपादन का कार्य किया था।
11. 'स्वदेश मित्र' एक तमिल समाचार-पत्र था, जिसकी शुरुआत 1882 में जी.एस. अय्यर (1855-1916) द्वारा की गई थी। यह पत्र स्वतंत्रता संग्राम के दौरान तमिलनाडु में राष्ट्रीय चेतना और राजनीतिक जागरूकता फैलाने का एक महत्त्वपूर्ण माध्यम था।

□

आधुनिकता का विष

दुनिया बदल रही है। बदलती दुनिया में हमारी भौतिक भूख बढ़ती जा रही है। पृथ्वी के संसाधनों का हम उपयोग कर रहे हैं। जो जितना कर पा रहा है, वह उतना ही 'आधुनिक' कहलाने का तमगा लटकाता है। यह जितना समुदाय और राष्ट्र पर लागू होता है, उतना ही अकेले व्यक्ति पर भी। आधुनिकता और भौतिकता एक-दूसरे का पर्याय बन चुके हैं। भौतिकता की खासियत के रूप में तीसरा आयाम है—व्यक्तिवाद। भौतिकता पिरामिड की सतह होती है, जो फैली रहती है और व्यक्तिवाद उसका ऊपरी सिरा है, जो सिमटा हुआ रहता है। भौतिकता का भारतीय अनुभव चार्वाकी संस्कृति और दर्शन है। लगभग दो सौ वर्षों तक भारतीय समाज ने इस चकाचौंध के प्रयोग को झेला। चकाचौंध में अँधेरा है। इसका प्रमाण और परिणाम हमारे सामने है। सबसे विकसित कहे जाने वाले और आधुनिकता का नेतृत्व करने वाले देशों की जीवन शैली से उत्पन्न विकार अत्यंत ही भयावह हैं। अमेरिका में 18 फीसदी वयस्क नींद की दवा ले रहे हैं। पूरी आबादी में तीन में एक व्यक्ति को नींद की दवा लेनी पड़ रही है। 32 फीसदी लोग फ्रांस में इस व्याधि के शिकार हैं। स्वीडन में तो 2000 से 2022 के बीच वयस्कों में इस बीमारी में 71 फीसदी की वृद्धि हुई है। फ्रांस में संख्या 32 फीसदी है। कोई धनी देश नहीं है, जो इस संकट से नहीं गुजर रहा। आँकड़ों में ऊपर-नीचे हो सकता है, क्योंकि अलग-अलग संस्थाएँ शोध कर इसे प्रकाशित करती हैं, पर इसकी व्याप्तता पर विवाद नहीं है। समुदाय अपनी जीवनशैली के अनुसार जीता

है। इसका असर साफ दिखाई पड़ता है। अमेरिका में नींद की दवा खाने वालों में श्वेत 10.4 फीसदी, अश्वेत 6.1 फीसदी हैं। एशियाई लोगों में मात्र 2.8 फीसदी हैं। पूरी दुनिया में नींद से जुड़ा कारोबार तेजी से बढ़ रहा है। अमेरिका, जर्मनी, फ्रांस, ऑस्ट्रेलिया, सिंगापुर, मलेशिया, भारत आदि देशों में मानसिक और व्यवहार संबंधी असंतुलन तेजी से बढ़ रहा है। पूरी दुनिया में 20 फीसदी बच्चे इसके शिकार हैं। पिछले दशक की तुलना में इस व्याधि में तेरह फीसदी की वृद्धि हुई है। ऑस्ट्रेलिया में 45 फीसदी वयस्क इस बीमारी से ग्रस्त हैं। मलेशिया में 2.92 फीसदी नौजवान इससे जूझ रहे हैं। समस्या से जूझने की तैयारी भी चल रही है। चिकित्सक, दवा, मनोवैज्ञानिकों की संख्या बढ़ाई जा रही है, ताकि ऐसे लोगों को राहत दी जा सके। इस बीमारी का परिणाम आत्महत्या और मृत्यु भी है। दुनिया में कुल मृत्यु में 3.7 फीसदी इसी के कारण होती हैं। भारत इस बीमारी और उसके परिणाम में पीछे नहीं है। कुछ शिक्षण संस्थाओं, जहाँ बच्चों के कॅरियर को सँवारने भेजा जाता है, वे उन्हें सँभाल नहीं पा रहे हैं। आत्महत्याएँ बढ़ती जा रही हैं। क्वींसलैंड ब्रेन इंस्टीट्यूट का शोध चौंकाने वाला है। इसके अनुसार, दुनिया की आधी आबादी इस मानसिक बीमारी से ग्रस्त हो जाएगी। इसका समाधान करने में चिकित्सा व्यवस्था तो परम आवश्यक है। प्रश्न उठता है, आखिर सुविधाओं, आकांक्षाओं और भौतिक प्रवृत्तियों में वृद्धि के साथ मनुष्य अपने मस्तिष्क पर नियंत्रण क्यों खो रहा है?

नव-उदारवादी भौतिकता ने प्रतिस्पर्धात्मक जीवन को बाजारू जीवन के साथ जोड़ दिया है। बाहर की दुनिया, जिसमें बाजार सबसे प्रमुख है, हमारी जीवन संस्कृति को निर्धारित कर रही है। जरूरतों के अनुसार, बाजार और भौतिक संसाधनों को तय किया जाता था। अब बाजार और अतिशय भौतिकता की भूख हमारी जरूरतों की कृत्रिम जीवन संस्कृति पैदा कर रही है। हमारा परिवेश धनी हो रहा है और अंतर्मन 'निर्धन'। समाज का यह एकांगी स्वरूप क्यों उपज रहा है? समाज की चेतना, आध्यात्मिक संवेदना और स्थानीयता से लबालब संस्कृति के उन्नयन को बढ़ाना—इस राक्षसी

समस्या का वास्तविक समाधान है। लोगों में अध्यात्म से अरुचि का कारण आध्यात्मिक जगत् में कर्मकांडी स्वरूप का विकास है।

अमेरिका में 4500 प्रोटेस्टेंट चर्च 2019 में बंद हो गए। जर्मनी में पाँच लाख से अधिक लोगों ने 2022 में चर्च जाना बंद कर दिया। ऑस्ट्रेलिया में कुल 9500 स्कूल हैं और 13000 चर्च हैं। 1971 में 86.2 फीसदी लोग अपने को ईसाई मानते थे। अब यह संख्या घटकर 43.9 फीसदी रह गई है। सामुदायिक जीवन, सत्संग, साहित्य सृजन और सांस्कृतिक प्रवाह जिन समुदायों में है, उन्होंने सभी सामाजिक–आर्थिक विरोधाभासों के बीच इस व्याधि को रोक रखा है।

अफ्रीका का दार्शनिक वाक्य है 'उबंतु'[1] अर्थात् मेरा अस्तित्व तुम्हारे अस्तित्व से जुड़ा है। भारत में 'सर्वे भवंतु सुखिनः'[2] का भाव दर्शन के रूप में है। प्राचीन काल से प्रवचन, कीर्तन, सत्संग और सामुदायिक जीवन ने संतुलन बनाए रखा, परंतु नव–उदारवाद का आक्रामक स्वरूप चुनौती प्रस्तुत कर रहा है। भारत में सार्वजनिक स्थान यूरोप–अमेरिका की तरह समाप्त हो रहे हैं। छोटी चाय की दुकान या सार्वजनिक स्थलों पर लोग आदतन एकत्रित होकर अनौपचारिक संवाद करते थे। ये स्थान बड़ी–बड़ी चाय की दुकानों में तब्दील हो रहे हैं। सामुदायिकता को बचाए रखने की जरूरत है। ऐश्वर्य का प्रदर्शन उसका पर्याय नहीं हो सकता। हिंदू परंपरा से आध्यात्मिकता प्राकृतिक चेतना से जुड़ी है। इसका संवर्धन तुरुप के इक्के की तरह है। आज हम गोर्की से लेकर प्रेमचंद[3] को ढूँढ़ रहे हैं। साहित्य सृजन में उस गंभीरता और वर्तमान को संबोधित करने की क्षमता की अल्पता को कैसे दूर करें, यह चुनौती सबके सामने है। भारत के पास अध्यात्म, परिवार संस्कृति, सामुदायिकता की पूँजी है। इसका उपयोग कैसे नवउदारवादी संस्कृति में हो, इसकी चेतना जागृत करने की आवश्यकता है। रामवृक्ष बेनीपुरी ने 'गेहूँ और गुलाब'[4] निबंध लिखा था। गेहूँ पेट के लिए, गुलाब मन–मस्तिष्क के लिए। गेहूँ की पर्याप्तता के बीच दुनिया गुलाब की अल्पता से जूझ रही है।

संदर्भ—

1. उबंटू (Ubuntu) एक अफ्रीकी अवधारणा या जीवन पद्धति है, जिसका मूल अर्थ है 'मैं हूँ, क्योंकि हम हैं' या 'हमारे होने के कारण मैं हूँ।' यह दर्शन मानवता, सामूहिकता और एकता पर आधारित है, जो इस विचार को प्रोत्साहित करता है कि एक व्यक्ति का अस्तित्व और उसकी सफलता पूरे समुदाय की भलाई और सहयोग पर निर्भर करती है। यह संकल्पना पर्यावरण की सुरक्षा एवं बढ़ते वैश्विक तापमान पर नियंत्रण जैसे विषयों पर विशेष बल देती है।
2. 'सर्वे भवंतु सुखिनः' वृहदारण्यक उपनिषद से लिया गया है। यह संस्कृत श्लोक का एक अंश है, जिसका अर्थ है 'सब लोग सुखी हों।' यह श्लोक पूरे विश्व में शांति, समृद्धि और कल्याण की कामना करता है। पूरा श्लोक इस प्रकार है—सर्वे भवन्तु सुखिनः/सर्वे सन्तु निरामयाः। सर्वे भद्राणि पश्यन्तु/मा कश्चिद् दुःखभाग्भवेत्॥
3. प्रेमचंद (1880–1936) हिंदी साहित्य के 'कथा सम्राट' थे। 'गोदान', 'गबन', 'निर्मला', 'कफन' और 'ईदगाह' इनकी प्रसिद्ध कृतियाँ हैं।
4. रामवृक्ष बेनीपुरी (1899–1968) हिंदी के एक साहित्यकार थे। इन्होंने 'गेहूँ और गुलाब' नामक निबंध लिखा है। इस निबंध में बेनीपुरी ने जीवन के दो महत्त्वपूर्ण पहलुओं का प्रतीकात्मक वर्णन किया है—'गेहूँ' और 'गुलाब।' 'गेहूँ' प्रतीक है भौतिक वस्तुओं, श्रम और जीवन की मूलभूत आवश्यकताओं का; जबकि 'गुलाब' प्रतीक है सौंदर्य, कला और जीवन की मानसिक और सांस्कृतिक आवश्यकताओं का। उनका मत है कि जीवन की पूर्णता के लिए दोनों का संतुलन आवश्यक है।

□

पूरब-पश्चिम : वैचारिक टकराव

जॉर्ज सोरोस[1] ने भारतीय लोकतंत्र के संबंध में एक नकारात्मक बयान दिया। उस पर भारत के विदेश मंत्री एस. जयशंकर ने उन्हें 'व्यापारी, वृद्ध और खतरनाक' कहा है। पश्चिम के बड़े व्यापारी विचारों की दुनिया में हस्तक्षेप करने को अपना दूसरा पेशा मानते हैं। दरअसल, इसका उद्‌देश्य पूँजीवादी प्रवृत्ति और व्यवस्था को खुले समाज के जुमलों द्वारा वैधानिकता देना और पश्चिम के वैचारिक आधिपत्य को समृद्ध करना होता है। सोरोस इसके अपवाद नहीं हैं। न ही वे पहले व्यक्ति हैं, जिन्होंने भारत को निशाना बनाया है। 1927 में कैथरिन मेयो[2] ने, जो अमेरिकी पत्रकार थी, 'मदर इंडिया' नामक पुस्तक में भारतीय समाज के कुछ विरोधाभासों को अतिशयोक्तिपूर्ण तरीके से उभारकर राष्ट्र की विकृत छवि पेश की थी। महात्मा गांधी ने उसका उपयुक्त जवाब दिया था। उन्होंने उसे 'ड्रेन इंस्पेक्टर की रिपोर्ट' कहकर खारिज कर दिया था। पश्चिम की आधिपत्यवादी मानसिकता उसके पूर्व के साम्राज्यवादी चरित्र की छाया है, जो उसका पीछा नहीं छोड़ रही है। पूर्व औपनिवेशिक देशों के स्वतंत्र, स्वायत्त और सभ्यताई उभार को वे सहन नहीं कर पाते हैं। इस प्रश्न पर पश्चिम के चिंतकों और बुद्धिजीवियों में गजब की एकता दिखाई पड़ती है। लैटिन अमेरिका के देशों—वेनेजुएला, चिली, उरुग्वे, निकारागुआ, ब्राजील आदि में जब उन्नीस सौ अस्सी के दशक में प्रभावी नेतृत्व उभरा और उसने अमेरिकी वैचारिक प्रभाव को चुनौती दी, तब इन देशों के नेतृत्व की छवि खराब करने में अमेरिका-यूरोप के अखबार

और चिंतक लग गए। उन्हें सफलता भी मिली। जब भी कोई देश वैचारिक समृद्धि के साथ पश्चिम के सामने जाता है, तब अघोषित युद्ध शुरू हो जाता है। सोरोस उसी अघोषित युद्ध का हिस्सा हैं। भारत ने आजादी के बाद पहली बार अपनी विरासत में विद्यमान विचार और संस्कृति को तार्किक और तथ्यात्मक रूप से रखना शुरू किया है। इस संदर्भ में प्रधानमंत्री नरेंद्र मोदी का यह कथन कि भारत लोकतंत्र की जननी है, यानी लोकतंत्र का प्राचीनतम स्वरूप भारत में रहा है, पश्चिम की वैचारिक दुनिया को आंदोलित कर रहा है। लोकतंत्र का संसदीय स्वरूप प्राचीन भारत में रहा है। वैदिक युग में दो सदनों का उल्लेख मिलता है, जिन्हें 'सभा' और 'समिति' के रूप में जाना जाता था। बाद के समय में लिच्छवी गणराज्य का स्वस्थ और समृद्ध स्वरूप सर्वविदित है। मगर पश्चिम ने इस तथ्य के प्रति अपनी आँखें बंद कर लीं। अमेरिका के व्हाइट हाउस की घोषणा इसका प्रमाण है। इसके अनुसार "हमारे (अमेरिकी राष्ट्र के) संस्थापकों ने सबसे पुराने लोकतंत्र ग्रीक की ओर देखा।" यह अपवाद नहीं है। यूरोपीय काउंसिल ग्रीक के नगर राज्य एथेंस को लोकतंत्र का प्राचीनतम घर मानता है, तो पश्चिम की पत्रिका 'नेशनल जियोग्राफी' और 'बी.बी.सी.' ऐसे ही दावों का गर्वपूर्वक उल्लेख करते रहे हैं। बी.बी.सी. की टीम और सेवा भारत में दशकों से रही है। इसकी शोध टीम ने 1970 में 'कलकत्ता' नामक वृत्तचित्र बना कर भारत की विकृत छवि पेश की, पर उसके इस शोध दल को वैशाली के गणतंत्र की थाह नहीं मिल पाई। प्रधानमंत्री का कथन कई मामलों में महत्त्वपूर्ण है। उन्होंने इसे गंभीरता से कहा है और भारतीय राज्य ने अपनी इस विरासत को वैश्विक विमर्श का हिस्सा बनाने का संकल्प लिया है। प्रधानमंत्री 2014 के बाद से लगातार आर्थिक प्रगति के साथ वैचारिक उन्नति पर देश-विदेश में जोर देते रहे हैं। इसलिए लोकतंत्र के संबंध में उनके दिए गए बयान को उनके भाषण का श्रृंगार समझना गलत होगा। पश्चिम के चिंतक भारत के विचार और संस्कृति के इस अभियान को अपने आधिपत्य के लिए चुनौती मान रहे हैं। उनकी दोस्ती और सहानुभूति सदा भारत के 'प्रतिष्ठित अकर्मण्यों'

के साथ रही है। स्वतंत्र भारत का सबसे गलत और आत्मसमर्पण वाला निर्णय पूर्व साम्राज्यवादी ब्रिटेन के नेतृत्व वाले कॉमनवेल्थ (राष्ट्रकुल) का सदस्य बनना था। यह राष्ट्र की सामूहिक चेतना की अवमानना था। संसद में इस पर बहस में वैचारिक विरोधियों में भी इसकी सदस्यता के विरोध में एकता थी। कम्युनिस्ट, जनसंघ, सोशलिस्ट इसके घोर विरोधी थे। कांग्रेस का बड़ा तबका नेहरू के निर्णय से असहमत था। एक प्रश्न उठा कि भारत एक गणतंत्र है और वह राजा के नेतृत्व वाली संस्था कॉमनवेल्थ का सदस्य कैसे हो सकता है। इस बात पर लीपापोती कर कॉमनवेल्थ में भ्रममूलक संशोधन किया गया। राजा का नेतृत्व विद्यमान रहा। राज्यसभा में कम्युनिस्ट पी. सुंदरैया[3] ने नेहरू को निरुत्तर कर दिया था। सोशलिस्ट लोहिया[4] और आचार्य जे.बी. कृपलानी विरोध में खड़े थे। राष्ट्रीय स्वयंसेवक संघ के पत्र 'आर्गेनाइजर' ने इसे राष्ट्र की अस्मिता और संप्रभुता दोनों पर चोट बताया। यह वैचारिक दासता का स्वतंत्र भारत में पुनर्जन्म था। जिस दासता को समाप्त करने के लिए लोकमान्य तिलक, महर्षि अरविंद, बिपिन चंद्र पाल, महात्मा गांधी राष्ट्र को जगाते रहे, उसे स्वराज-प्राप्ति के बाद अपने ही प्रतिष्ठित शासकों द्वारा कुचल दिया गया। वैचारिक क्षेत्र में अकर्मण्यता का यह दौर चलने लगा। पश्चिम जो पढ़ाता रहा, हम उसे पढ़ते रहे, जो राह दिखाता रहा, हम उस पर चलते रहे। यह धारा विश्वविद्यालय परिसर से लेकर चिंतकों तक अनवरत चलती रही। इसी दुर्भाग्य के सारथियों को काका कालेलकर ने टॉलस्टॉय की पुस्तक 'अब हम क्या करें' के अपने हिंदी अनुवाद के प्राक्कथन में 'प्रतिष्ठित अकर्मण्य' कहा है। प्रधानमंत्री के 'सॉफ्ट पावर'[5] के महत्त्व को दुनिया के सामने रखने और भारत के रचनात्मक विमर्श के अंकुरण ने उस अकर्मण्यता को भूतकाल की प्रवृत्ति बना दिया है। क्या पश्चिम इसे सहज तरीके से लेगा? क्या ऑक्सफोर्ड, कैंब्रिज, हार्वर्ड जैसे ख्यातिलब्ध विश्वविद्यालय वैशाली के गणतंत्र को ग्रीक से पुराना मानकर वैचारिक विमर्श करने के लिए उत्साहित होंगे? कदापि नहीं। वे वैकल्पिक विचार को अंकुरण की अवस्था में ही समाप्त करना

चाहेंगे, जो प्रयोग लैटिन अमेरिका के उभरते प्रभावी नेतृत्व के साथ किया गया, वही वे भारत के नेतृत्व के साथ नहीं करेंगे, इसकी क्या गारंटी है? सोरोस का दुष्प्रचारवादी वक्तव्य भी उसी अभियान का हिस्सा है। इसे हलके में नहीं लिया जा सकता। पिछले सात-आठ सौ सालों में पश्चिम ने सुदृढ़ वैचारिक तंत्र विकसित किया है, उसे वह ढहने नहीं देगा। वे भारत जैसे देश को अपने सिद्धांतों की प्रयोगशाला से अधिक कुछ भी बनने नहीं देना चाहते हैं। जो अमेरिका 'ब्लैक' और 'व्हाइट' के बीच के संबंधों और भेदभाव से उपजे संघर्षों पर मखमल की चादर डालकर रखता है, वह भारत के कथित धार्मिक असहिष्णुता पर प्रत्येक वर्ष बेबुनियाद और अतिशयोक्तिपूर्ण रिपोर्ट जारी करता रहा है। पश्चिम की इस श्रेष्ठता की मानसिकता को नया विमर्श खारिज करता है। यह उनकी घबराहट का कारण बनता जा रहा है। प्रधानमंत्री ने लोकतंत्र के संबंध में जो बात कही है, वह कैसे हमारे विमर्श में उपेक्षित रही है, इसका एक अच्छा उदाहरण है। 1924 में के.पी. जायसवाल[6] ने अपनी पुस्तक 'हिंदू पॉलिटी' में शोध के जरिए भारत में गणतंत्र वैविध्य और समृद्ध स्वरूप को दिखाया था। यह पुस्तक उपेक्षित रही। भारतीय विचारक और विश्वविद्यालय इस गहन शोध से दूर रहे। प्रत्येक राष्ट्र के अभ्युदय का एक कालखंड होता है। उसे चित्रित करना और साझे प्रयास से अपनी समृद्ध विरासत से वर्तमान को सबल बनाना पीढ़ियों की ऐतिहासिक और नैतिक जिम्मेवारी होती है। भारत अब उसी कालखंड का हिस्सा है।

संदर्भ—

1. जॉर्ज सोरोस यहूदी मूल का एक अमरीकी व्यवसायी है। 'ओपन सोसाइटी' नामक संस्था के माध्यम से वह गरीब और तीसरी दुनिया के देशों में चुनी हुई सरकारों को गिराने और अशांति फैलाने के लिए कुख्यात है।
2. कैथरीन मेयो (1867-1940) अमरीकी पत्रकार थी, इसने 'मदर इंडिया' (1927) नामक पुस्तक लिखी, जिसे महात्मा गांधी ने 'ड्रेन इंस्पेक्टर की रिपोर्ट' कहकर उपहास किया था।
3. पी. सुंदरैया (1913-1985) कम्युनिस्ट पार्टी के महासचिव थे।

4. राम मनोहर लोहिया (1910–1967) एक समाजवादी नेता थे।
5. सॉफ्ट पावर (Soft Power) किसी देश की वह क्षमता है, जिससे वह अपने सांस्कृतिक, वैचारिक और नैतिक प्रभाव के माध्यम से अन्य देशों को आकर्षित और प्रभावित करता है। यह शक्ति सैन्य या आर्थिक दबाव के बजाय संस्कृति, राजनीति और विदेशी नीतियों के माध्यम से प्राप्त होती है। इसकी संकल्पना जोसेफ नाई ने 'बाउंड टू लीड : द चेंजिंग नेचर ऑफ अमरीकन पावर' (1990) नामक किताब में की, जिसके तीन आधार स्तंभ राजनीतिक मूल्य, संस्कृति और विदेश नीति है।
6. के.पी. जायसवाल (1881–1937) एक इतिहासकार और पुरातत्त्वविद् थे। उन्होंने प्राचीन भारतीय इतिहास और संस्कृति के अध्ययन में योगदान दिया। विशेषकर मौर्य काल और गुप्त काल पर उनके शोध कार्य प्रसिद्ध हैं। अपनी पुस्तक 'हिंदू पॉलिटी' (1924) के माध्यम से उन्होंने प्राचीन भारतीय राजनीतिक विचारों और व्यवस्थाओं का गहन विश्लेषण किया है। जायसवाल पटना संग्रहालय के संस्थापक भी थे।

□

अल्पसंख्यकवादी मानसिकता

एक शब्द, जिसने औपनिवेशिक काल से लेकर अब तक राजनीतिक विमर्श को सबसे अधिक प्रभावित किया है, वह है अल्पसंख्यक। आजादी से पहले कांग्रेस के राष्ट्रवाद को इसी शब्द से चुनौती दी जाती रही, स्वतंत्र भारत में यह शब्द ध्रुवीकरण का कारण बनता रहा है। दो महत्त्वपूर्ण अवधारणाएँ-धर्मनिरपेक्ष और उदार लोकतंत्र, इसी शब्द में उलझकर रह जाती हैं। सबसे बड़ी विडंबना यह है कि जिस शब्द की परिभाषा संविधान में देने की आवश्यकता नहीं समझी गई, वही शब्द संवैधानिकता की चौकीदारी कर रहा है।

अल्पसंख्यक सिर्फ संख्यावाचक शब्द नहीं है। यह किसी खास सामाजिक-राजनीतिक संबंधों का सूचक है, जब बड़ी संख्या वाला धर्म अल्प संख्या वाले धर्म के अनुयायियों के अस्तित्व के लिए चुनौती बन जाता है, तब उन्हें सबसे संरक्षण की अनिवार्यता महसूस होती है। इसलिए पश्चिम के देशों में संविधान और संविधानेतर संस्थाओं के लिए बहुसंख्यक और अल्पसंख्यक शब्दावली उनके सामाजिक-आध्यात्मिक संघर्ष से उपजी है। भले संघर्ष इतिहास बन गया हो, पर संख्यात्मकता के बोध और उससे उत्पन्न होने वाले आधिपत्यवादी चुनौती की प्रवृत्ति समाप्त नहीं हुई है। इसलिए ये दोनों शब्द प्रासंगिक हैं।

क्या भारत का समाज और अध्यात्म पश्चिम के इस गुण-दोष को प्रतिबिंबित करता है? यह एक महत्त्वपूर्ण प्रश्न है, जो बुनियादी बातों को

सामने लाने में संबल बनता है। भारत में जो गैर-हिंदू धर्म है, वह मोटे तौर पर अल्पसंख्यक होने का दावा करता है। और अल्पसंख्यक हित संरक्षण ही भारत की धर्मनिरपेक्षता की परिभाषा बन गई है। मगर हिंदू बहुमतवाद का न कोई इतिहास है, न ही वर्तमान। और यह हो भी नहीं सकता। हिंदू धर्म आध्यात्मिक लोकतंत्र पर खड़ा है। प्रश्न और प्रतिकार की बुनियाद पर ही हिंदू दर्शन और जीवन मूल्य विकसित हुआ है। प्रश्न और प्रतिकार असहिष्णुता का कारण नहीं रहा है। यह हिंदू जीवन शैली और दर्शन का सबसे महत्त्वपूर्ण वैशिष्ट्य है, जो इसे हमेशा बौद्धिक ठहराव और तर्क की दरिद्रता से बचाता रहा है। उपनिषद् के दो शब्द 'नेति नेति' (यह भी नहीं, वह भी नहीं) इस प्रवृत्ति का सूत्र वाक्य है। और यही आध्यात्मिक लोकतंत्र है, जिसमें संख्या नहीं, गुण-दोष दर्शनों और संप्रदायों के अस्तित्व का कारण बनता है। इसी स्वाभाविक असीमितता के कारण हर स्तर पर विविधता पाई जाती है। इसलिए हिंदू बहुमतवादी प्रवृत्ति से मुक्त है। यह अल्पसंख्यक शब्द की अप्रासंगिकता का कारण है। इसी के भय से धर्मों के मूल चरित्र के विमर्श को ही ठंडे बस्ते में डाल दिया गया है।

आजादी से पहले की कुछ घटनाएँ बहुमतवादी चरित्र की अनुपस्थिति को सहज तरीके से प्रमाणित करती हैं। 1885 में कांग्रेस की स्थापना के दौरान कुल बहत्तर प्रतिनिधि आए थे, जिनमें उनसठ हिंदू थे। ईसाई और इसलाम को मानने वाले मात्र दो-दो प्रतिनिधि थे तो पारसी, जो तुलनात्मक रूप से बहुत सीमित संख्या वाला है, के नौ प्रतिनिधि थे। यह क्रम बाद में भी चलता रहा। 1904 में कांग्रेस अधिवेशन में मुसलिम प्रतिनिधि पैंतीस थे, तो पारसी पैंसठ थे। 1907 में मुसलिम और पारसी प्रतिनिधियों की संख्या क्रमशः दस और बीस थी। पारसियों की जनसंख्या 1931 की जनगणना में मात्र एक लाख नौ हजार थी। पर, उन्हें कभी अपने अस्तित्व पर खतरे की आशंका का आभास तक नहीं हुआ। इसलिए वे अल्पसंख्यक होकर भी अल्पसंख्यक नहीं बने। कांग्रेस के आरंभिक छह अध्यक्षों में डब्ल्यू. सी. बनर्जी ईसाई, दूसरे, दादाभाई नौरोजी पारसी, तीसरे बदरुद्दीन तैयबजी

मुसलिम, उसके बाद जॉर्ज युले और वेडेनबर्न (दोनों यूरोपीय) और 1890 में फीरोजशाह मेहता पारसी थे। किसी ने हिंदू बहुमत वाले संगठन में हिंदू अध्यक्ष न होने को महसूस नहीं किया, पर उसी कांग्रेस को अल्पसंख्यकवाद की मार झेलनी पड़ी। 1937 में जब प्रांतों में इसकी सरकारें बनीं, तो मुसलिम लीग ने पीरपुर कमेटी रिपोर्ट जारी की। उसमें महात्मा गांधी का चित्र लगाने और तिरंगा फहराने को हिंदू फासीवाद बताया गया। यह अकेली रिपोर्ट नहीं थी। कमलयर जंग रिपोर्ट, शरीफ रिपोर्ट ऐसी ही भाषा में कांग्रेस पर प्रहार करती रहीं। कांग्रेस ने 1885 से 1947 तक खुद को अल्पसंख्यकों की हितैषी साबित करने के लिए लगभग 323 प्रस्ताव पारित किए, पर सब निरर्थक साबित हुए। इसलिए संविधान सभा में मुसलिम लीग (बिहार) के तजामुल हुसैन ने अल्पसंख्यक-बहुसंख्यक शब्दों को ब्रिटेन की निर्मिति कहते हुए तर्क दिया कि मात्र संख्या के आधार पर कोई बहुसंख्यक या अल्पसंख्यक नहीं हो जाता है। उन्होंने राजनीतिक दलों से संविधान सभा में दिए गए भाषण के दौरान इन दोनों शब्दों को शब्दकोश से बाहर फेंकने की अपील की थी। पर यह व्यर्थ साबित हुआ। स्वतंत्र भारत ने उस स्वर्णिम क्षण को पूरे होशो-हवास में खो जाने दिया, जब हम अपनी धर्मनिरपेक्षता की परिभाषा को स्थापित कर पाते, परंतु हम आयातित अवधारणाओं की बैसाखी के साथ चलते रहे। यही देश में समान नागरिक कानून के निर्माण में बाधक बनती है।

सोशलिस्ट नेता जे.बी. कृपलानी ने 1948 में एक पुस्तक लिखी थी 'मॉडर्निटी इन इंडिया'। उसमें उन्होंने कहा था कि भारत वेद, पुराण, रामायण, महाभारत, उपनिषद् के बिना खोखला हो जाएगा। उन्होंने एक दुर्भाग्य की ओर ध्यान दिलाया। भारत के गैर-हिंदू धर्मावलंबी इन पुस्तकों से साक्षात्कार नहीं करते हैं और यही कारण है कि वे अपरिवर्तित बने रहते हैं। जो भी प्रयास हुआ, उसे इसलामिक समाज ने अपना संदर्भ बिंदु नहीं बनाया। औरंगजेब के भाई दारा शिकोह[1] ने उपनिषद् का अनुवाद किया। पर उसे मुसलिम विमर्श का हिस्सा नहीं बनाया जाता है। इसके विपरीत वह हिंदू चिंतन का हिस्सा बनता रहा है।

भारत के विमर्श को संख्यात्मक पक्ष से अलग होना होगा। यह भ्रामक ही नहीं, मनोवैज्ञानिक विभाजन को जन्म देता है। अल्पसंख्यक अवधारणा स्थानीयता के बोध को समाप्त करती है, क्योंकि स्थानीयता पराएपन के भाव को अंकुरित होने नहीं देती। इसमें धर्म के ऊपर स्थानीय जीवन-शैली और सांस्कृतिक तत्त्वों का दबदबा रहता है। जहाँ-जहाँ भी स्थानीयता से उपजी सामुदायिकता का भाव प्रबल है, वहाँ सांप्रदायिकता की जमीन नहीं बन पाती है।

धर्मनिरपेक्षता के पोषण और प्रबलता का आधार समान शिक्षा व्यवस्था होती है। दुर्भाग्य से इस पर ही सबसे बड़ा प्रहार अल्पसंख्यक संस्थाओं की बढ़ोतरी से हुआ। जब भी समान शिक्षा पर बल देने के लिए ठोस प्रयास हुआ, तब अल्पसंख्यक पर हमला बताकर प्रतिवाद होता रहा। 1957 में केरल में नंबूदरीपाद[2] की सरकार को इसका खामियाजा भुगतना पड़ा, जब समान शिक्षा की अवधारणा से बनी शिक्षा व्यवस्था को ईसाई धर्मावलंबियों के विरोध का सामना करना पड़ा। अल्पसंख्यकवादी मानसिकता से अलग-थलग रहने की प्रवृत्ति का जन्म होता है। यह परस्पर मेलजोल को सीमित कर देता है। संवाद औपचारिकता के दायरे में ही होता है। इस जटिलता के कारण ही फिरोजशाह मेहता[3] ने कहा था कि "पारसियों को यह कहना कि स्थानीय लोगों से अलग-थलग रहना, उनके हितों से अलग रहना, न सिर्फ स्वार्थ के दायरे को बढ़ाना होगा, अपितु समान रूप से बुद्धिहीनता का परिचायक होगा।" पारसी समाज का योगदान दिखाता है कि अनुयायियों की संख्या उनकी क्षमता को कम नहीं कर पाती है। बहुसंख्यक-अल्पसंख्यक विमर्श जटिलताओं का जाल बनाता है, जो राष्ट्रीय जीवन के आर्थिक पक्ष के विमर्श में भागीदारी को मृतप्राय बना देता है। भारत में इस प्रश्न को लेकर जितनी और जैसी बहस संविधान सभा में हुई, वैसी बहस उससे बाहर नहीं हो पाई। इसका कारण इस पर कॅरियर राजनीति का हावी होना है। इसी दुर्भाग्य के जंजाल से मुक्ति की आवश्यकता है।

संदर्भ—

1. दारा शिकोह (1615–1659) मुगल सम्राट शाहजहाँ का ज्येष्ठ पुत्र था। अपने भाई औरंगजेब की नीतियों का कट्टर आलोचक था, औरंगजेब ने उसकी हत्या करवा दी, दारा शिकोह की ख्याति एक कवि, लेखक, वास्तुकार, दार्शनिक और विद्वान् के रूप में थी। उसने 'भगवत्गीता' सहित 52 उपनिषदों का अनुवाद संस्कृत से पर्शियन में किया।
2. ई.एम.एस. नंबूदरीपाद (1909–1998) की सरकार का गठन 1957 में हुआ था, जोकि केरल में पहली लोकतांत्रिक रूप से चुनी गई कम्युनिस्ट सरकार थी।
3. फिरोजशाह मेहता (1845–1915) राजनीतिज्ञ, वकील और सामाजिक कार्यकर्ता थे। उन्हें भारतीय राष्ट्रीय कांग्रेस के संस्थापक सदस्यों में से एक तथा बॉम्बे नगर निगम के संस्थापकों में से एक के रूप में जाना जाता है।

□

धर्मनिरपेक्षता का भारतीय संस्करण

चुनाव के समय जो शब्द सबसे अधिक विमर्श का हिस्सा बनता है, वह है—धर्मनिरपेक्षता। यह तीखी बहस का कारण बनता है। यह प्रथम आम चुनाव (1952) से चल रहा है, लेकिन दुर्भाग्य से बहस आरोप-प्रत्यारोप में सिमटकर रह जाती है। कुछ हद तक देश की राजनीति ही नहीं, बौद्धिक, अकादमिक जगत् सहित अन्य क्षेत्रों में ध्रुवीकरण का कारण भी बनती है। राजनीति का अपना स्वभाव होता है। इसे जानते-समझते भी बौद्धिक अकादमिक जगत् उसी बहस का सहचर बनता है। यही कारण है कि लंबी समयावधि में भी हम अपने सांस्कृतिकवाद को परिभाषित नहीं कर पाए हैं। समाजशास्त्र की पुस्तकें यूरोपीय दृष्टिकोण उधार लेकर परिभाषाएँ एवं प्रकृति को गढ़ती रही हैं।

एक विडंबना और विरोधाभास रोचक है। भारतीय राजनेता, जो यूरोप से शिक्षित हुए और वहाँ की वैश्विक दृष्टि से प्रभावित हुए, वे उसी में भारत के लोगों के धार्मिक व्यवहार और परंपरा को देखने की कोशिश करते रहे। इनमें स्वयं प्रथम प्रधानमंत्री पं. जवाहरलाल नेहरू भी थे। उन्हें इस दृष्टिकोण को आधिपत्यवादी बनाने में मार्क्सवादी विद्वानों का साथ मिला। हमारी अपनी संस्कृति और पूर्वजों की धार्मिक प्रवृत्ति गोलमटोल प्रशंसनीय लेखों की सामग्री बनकर रह गई। एक दूसरा पक्ष भी है। यूरोप के अधिकारी और समाजशास्त्री, जो भारत आए वे, भारत के अंतर्मन को समझने का प्रयास किया। इसका सबसे अच्छा उदाहरण औपनिवेशिक काल की आठ

जनगणनाएँ हैं। पहली जनगणना 1872 में शुरू हुई और अंतिम 1941 में। इसकी खास बात थी कि यह सिर्फ संख्या गिनने और सामाजिक-आर्थिक पक्ष जानने तक सीमित नहीं थी। अपितु बहुत ही गहन तरीके से समुदायों, जातियों, वर्गों में विभाजित लोगो का स्वभाव, उनकी परंपराएँ, इतिहास और आध्यात्मिक वृत्ति समझने के अवसर के रूप में उपयोग किया गया। इसलिए उन रिपोर्ट में विस्तार से उसका उल्लेख भी किया गया है। उनमें अनेक इन सूक्ष्म संस्कृतियों, परंपराओं आध्यात्मिक चेतना से प्रभावित होने से नहीं बच पाए। इन रिपोर्टों से समाजशास्त्रियों ने आँकड़ों को लिया, पर उनके पीछे जो वैचारिक समझ थी, उसे छोड़ दिया। औपनिवेशिक जनगणना पर बहुत ही अल्प अध्ययन भी इसका एक बड़ा कारण है। इन रिपोर्टों के अध्ययन से धर्मनिरपेक्षता के भारतीय पक्ष को समझना आसान होगा और उस अध्ययन शैली से समकालीन शोध को बड़ा फलक मिल सकता है। वास्तव में 1872 की जनगणना में यह प्रश्न उठाया गया था कि 'हिंदू कौन है ?' और उसके बाद की सभी जनगणनाओं में राष्ट्रीय एवं प्रदेश स्तर के रिपोर्टों में इसका उत्तर ढूँढ़ा जाता रहा। अंततः निष्कर्ष निकला कि विविधताओं से पूर्ण 'हिंदू' शब्द को परिभाषित करना असंभव है।

धर्मनिरपेक्षता का भारतीय पक्ष समझने के लिए संस्कृति और पूजा पद्धति में अंतर रेखांकित करना आवश्यक है। यद्यपि दोनों पर एक-दूसरे का सीमित प्रभाव है, पर दोनों की स्वायत्तता भी बनी रहती है। जब एक-दूसरे पर आरोपित करने का प्रयास होता है, तब विवाद गहराता है और यूरोप मार्गदर्शक बन जाता है।

धर्मनिरपेक्षता की बुनियाद संस्कृति होती है, जो एक समाज के लंबे समय से उसके व्यवहार, उसकी आकांक्षा और परस्पर संबंधों के आधार पर निर्धारित होती है। भारत में मूल आस्था हिंदू चेतना से जुड़ी रही है। जब तक उस चेतना का आयाम हम नहीं समझ पाते तो उसकी प्रवृत्ति को सही रूप-स्वरूप में नहीं जान पाएँगे। व्यवहार की स्वतंत्रता ही इसके मूल में है। 'व्यक्ति और समुदाय' व्यवहार में प्रयोगधर्मी है। इसी ने विविधता को भारतीय

समाज का स्थायी भाव बना दिया। आध्यात्मिक साहित्य, वेद, उपनिषद्,[1] पुराणों में यह दार्शनिक रूप में परिलक्षित है, इसी कारण से बहुमतवाद का साया भारतीय धर्म-संस्कृति के प्रवाह पर नहीं पड़ा, जिसे हम यूरोप एवं इसलामिक दुनिया में देखते हैं। जब पूरी दुनिया में पारसी समुदाय संकट में था, तब 1921 एवं 1931 के बीच इनकी जनसंख्या 7.8 प्रतिशत की दर से भारत में बढ़ी। 31 करोड़ के देश में तब एक लाख नौ हजार सात सौ बावन पारसी और चौबीस हजार यहूदी आस्था और संस्कृति में पूर्ण स्वतंत्र थे। किसी ने उन पर चोट की कल्पना तक नहीं की। भारतीय धर्मनिरपेक्षता समन्वयात्मक रास्ते से चलती है। यह राह अपरिवर्तनीय है। इसकी संस्कृति का प्रभाव दूसरी पूजा पद्धतियों पर हुआ। कोलकाता में एक काली मंदिर का नाम फिरंगी काली मंदिर[2] था, क्योंकि बड़ी संख्या में ईसाई उसमें आते थे। 'संस्कृति रचनात्मक संवाद और सामुदायिक सहयोग पर आधारित है, तभी तो 1921 की जनगणना रिपोर्ट में बताया गया कि मदुरई के तंजौर मंदिर[3] में मुसलिम ट्रस्टी थे, जो रक्षासूत्र और चंदन का टीका कर मंदिर की बैठकों में आते थे। मद्रास के जनगणना अधिकारी जे. चार्ल्स मोलोनी ने 1921 में लिखा था कि नागौर में मुसलिम 'अल्लाह-ईश्वर' की मूर्ति बनाकर तीर्थयात्रा पर जाते थे और साथ ही तीर्थयात्रा एक हज के समकक्ष मानी जाती थी।

संस्कृति विरोधाभासों को समाप्त करती है और सामुदायिकता बढ़ाती है। भारत की धर्मनिरपेक्षता का यह प्रवाह ही इसे जीवंत बनाता है। चुनावी शोरगुल से हटकर संस्कृति, अध्यात्म, दर्शन के भारतीय प्रकृति पर वैज्ञानिक और सर्वेक्षण आधारित अध्ययन हमें अपनी परिभाषा और प्रकृति गढ़ने एवं समझने का अवसर देते हैं। भारत के अकादमिक जगत् के लिए यह एक चुनौती भी है।

संदर्भ—

1. उपनिषद् की संख्या 108 है, किंतु मुख्य उपनिषद् 13 हैं—(1) ईशावास्योपनिषद्, (2) केनोपनिषद् (3) कठोपनिषद् (4) प्रश्नोपनिषद् (5) मुंडकोपनिषद् (6) मांडूक्योपनिषद् (7) तैत्तिरीयोपनिषद् (8)

ऐतरेयोपनिषद् (9) छांदोग्योपनिषद् (10) बृहदारण्यकोपनिषद् (11) श्वेताश्वतरोपनिषद् (12) कौशितकी उपनिषद् (13) मैत्रायणी उपनिषद्।

2. फिरंगी काली मंदिर कोलकाता में स्थित एक ऐतिहासिक मंदिर है, जो हुगली नदी के पास स्थित है, इसे 'फिरंगी' नाम इसलिए मिला, क्योंकि इसमें यूरोपीय बड़ी संख्या में पूजा करने जाते थे।

3. तमिलनाडु के मदुरै में स्थित तंजौर मंदिर, जिसे बृहदीश्वर मंदिर या राजराजेश्वरम के नाम से भी जाना जाता है। यह मंदिर चोल वंश के राजा राजराजा चोल प्रथम द्वारा 11वीं सदी में बनवाया गया था। यह भारतीय स्थापत्य कला का उत्कृष्ट उदाहरण है। बृहदीश्वर मंदिर भगवान् शिव को समर्पित है। सन् 1987 में इसे यूनेस्को की विश्व धरोहर स्थल के रूप में शामिल किया गया।

□

बांग्लादेश में हिंदू अस्तित्व पर संकट

बांग्लादेश में पिछले दिनों घटी घटना, जिसके कारण देश की प्रधानमंत्री शेख हसीना[1] को भागना पड़ा, अप्रत्याशित नहीं है। वहाँ लोकतंत्र, राष्ट्रवाद और पंथनिरपेक्षता तीनों ही प्रयोग विफल हुए। धार्मिक कट्टरता और जातीय उन्मादों के बीच लोकतंत्र कभी सजीव नहीं रह सकता है। पाकिस्तान और बांग्लादेश इसके ज्वलंत उदाहरण हैं।

1972 में बांग्लादेश का निर्माण हुआ, तब भारत की अहम भूमिका थी। लेकिन हम अपनी सैन्य भूमिका को तो समझ पाए, वैचारिक भूमिका से अनजान बने रहे। 1921 में तुर्की में खलीफा का अंत कर कमाल पाशा[2] का शासन स्थापित हुआ। पश्चिम (यूरोप) रुका नहीं। उसी से संतुष्ट नहीं हुआ। एक वैचारिक जिम्मेवारी का भी निर्वाह किया। कमाल पाशा ने उस प्रत्यक्ष एवं अप्रत्यक्ष नैतिक मदद से तुर्की को धर्मनिरपेक्ष बनाया और व्यापक सामाजिक-धार्मिक सुधार को अंजाम दिया।

वे राष्ट्रपिता (अतातुर्क) घोषित हुए। आज भी यह मुल्क इसलामिक कट्टरपंथियों के उभार के प्रति सचेत है। देश के भीतर या बाहर 82,923 मसजिदों पर राज्य की पैनी नजर रहती है[3]।

भारत इस भूमिका से चूक गया। यदि व्यापक सामाजिक धार्मिक सुधार को बढ़ाया जाता तो आज यह दिन नहीं देखना पड़ता। अखंड बंगाल की सांस्कृतिक भावना को जीवंत करना कठिन कार्य नहीं था। वहाँ का राष्ट्रगान 'आमार सोनार बांग्ला' (मेरा सोने का बंगाल) रवींद्रनाथ टैगोर द्वारा बंग

विभाजन (1905) के बाद 1906 में लिखा गया था। यहाँ के राष्ट्रीय झंडे का डिजाइन एक हिंदू शिवनारायण दास ने किया था।

हम सैन्येतर भूमिका क्यों नहीं निभा पाए? इसका कारण भारत के मस्तिष्क में आरोपित नेहरूवाद है। इंदिरा गांधी इस वैचारिक विरासत से ग्रस्त थी। 1947 में विभाजन के समय हिंसा के तांडव के जो लोग गवाह थे, उन्होंने ही तब की और आनेवाली पीढ़ियों के साथ छल किया। इसका उदाहरण 8 अप्रैल, 1950 का नेहरू-लियाकत समझौता है। नेहरू ने अपने बौद्धिक संपन्न और सहयोगियों से इसपर सलाह-मशविरा तक नहीं किया। इस समझौते में दोनों ही देशों को अपने-अपने यहाँ के अल्पसंख्यकों की हिफाजत की जिम्मेदारी दे दी गई। सुनने में तो अच्छा लगता है, लेकिन परिणाम अत्यंत ही जहरीला निकला। नेहरू और उनकी हिमायत करनेवाले इसके परिणाम से कतई अनभिज्ञ नहीं थे? उन्होंने अपने आप को वहाँ के हिंदुओं के लिए पराया बना लिया। पाकिस्तान के कानून मंत्री और मोहम्मद अली जिन्ना के करीबी जोगेंद्र नाथ मंडल[4] पाकिस्तान में हिंदुओं पर हो रहे अत्याचार से व्यथित थे। अंततः इस्तीफा देकर भारत वापस आ गए।

ऐसा नहीं था कि नेहरू को चेताया नहीं गया था। लोकप्रियता और आधिपत्य के सामने अधिकांश की चुप्पी के बीच उनके मंत्रिमंडल के दो सदस्यों डॉ. श्यामा प्रसाद मुखर्जी और के.सी. नियोगी ने समझौते को हिंदू अल्पसंख्यकों के साथ नाइनसाफी और धोखा बताते हुए त्यागपत्र दे दिया। पर आधिपत्यवादियों का एक गुण होता है। ये इन आलोचनाओं से न घबराते हैं, न ही उनका दिल दहलता है। वे आलोचनाओं के नैतिक पक्ष को उभरने ही नहीं देते हैं और उसे कुचलने में कुशल होते हैं। यही हुआ मुखर्जी के साथ। इतिहास चुप्पी बनाए रखनेवाले ऐसे अवसरवादियों को याद नहीं करता है, बल्कि उन्हें सम्मान देता है, जो चुप्पी तोड़ते हैं और सच बोलने की कीमत चुकाते हैं।

आज बांग्लादेश के तख्तापलट से लाख गुना बड़ी घटना वहाँ हिंदुओं के साथ 'पारदर्शिता' के साथ बर्बरता, अत्याचार और असंवेदनशील व्यवहार है।

हिंदू घरों, दुकानों को जलाना, महिलाओं के साथ बलात्कार, तालिबान को भी शर्मिंदा करनेवाला हिंसा खुले तौर पर हो रही है। जो लोग नागरिक संशोधन अधिनियम का विरोध कर रहे थे, शाहीनबाग आयोजित कर पंथनिरपेक्षता पर भाषण कर रहे थे, वे जुबान बंद कर शांति से बैठे हैं। ये घटनाएँ शेख हसीना के तख्तापलट के कारण अपवादस्वरूप नहीं हो रही हैं। दशकों से व्यवस्थित तरीके से हिंदुओं के अस्तित्व को मिटाया जा रहा है।

ढाका यूनिवर्सिटी के अर्थशास्त्र के प्रोफेसर और 250 से अधिक शोधपत्र लिखनेवाले अब्दुल बरकत की पुस्तक 'पॉलिटिकल इकोनॉमी ऑफ रिफॉर्मिक एग्रीकल्चर, लैंड, वाटर बॉडीज इन बांग्लादेश' 2016 में प्रकाशित हुई। यह उनके तीस साल के बौद्धिक परिश्रम का परिणाम था। इसमें खुलासा किया गया कि 1964 से 2013 तक लगभग एक करोड़ से अधिक हिंदू जनसंख्या मारे जाने, धर्म परिवर्तन या विस्थापित होने के कारण विलुप्त हो गई। उन्होंने हिसाब लगाया कि प्रत्येक दिन औसतन 632 हिंदू विलुप्त होते रहे। 1950-51 में पूर्वी पाकिस्तान (जो बांग्लादेश है) में 22 प्रतिशत हिंदू थे। 1974 की जनगणना में यह संख्या घटकर 13.5, 2011 में 9.6 प्रतिशत हो गई। अब 7.59 प्रतिशत है। 1964 में राज्यसभा में समाजवादी सांसद एच.वी. कामथ और 1966 में भारतीय जनसंघ के निरंजन वर्मा ने नेहरू, लियाकत समझौते से ऊपर उठकर हिंदुओं की सुरक्षा के लिए ठोस पहल की संभावनाओं की ओर सरकार का ध्यान खीचा, पर नेहरूवाद ने भारतीय राज्य के विवेक को चौहद्दी में जकड़ दिया था।

हिंसा का तांडव नया नहीं है। अगस्त 1946 में जिन्ना के आदेश पर 'प्रत्यक्ष काररवाई'[5] हुई थी। बंगाल में हजारों हिंदू मौत के घाट उतार दिए गए। वही सब जो तब हुआ, वह अब हो रहा है। इसलामिक कट्टरपंथियों का मन और बुद्धि वहीं ठहर गया है। पर उन्हें दोष देकर बाकी लोगों को अपराधमुक्त नहीं कर सकते हैं। आखिर बाकी इसलामिक समाज क्यों नहीं अपने ऐतिहासिक और सांस्कृतिक पड़ोसियों के लिए सुरक्षा कवच बनता है ?

इधर भारत में फीलीस्तीन के प्रति चिंतित समाज बांग्लादेशी हिंदुओं के प्रति तटस्थता दिखा रहा है ? इन प्रश्नों को बौद्धिक साहस और पंथनिरपेक्षता के प्रति निष्ठा के साथ व्यापक रूप से उठाने की जरूरत है। पाकिस्तान और बांग्लादेश भले ही अलग राष्ट्र हैं, पर उनकी आंतरिक समस्याओं को बिल्कुल अलग कर नहीं देख सकते हैं। भारत ने पंथनिरपेक्षता का प्रतिमान दिया है। उदाहरण के तौर पर 1951 में 9.8 प्रतिशत मुसलिम जनसंख्या 2011 में 14 प्रतिशत हो गई। इस वैचारिक प्रतिमान को बांग्लादेश ले जाने की आवश्यकता है। नेहरू-लियाकत समझौते की ऐतिहासिक गलती और इंदिरा गांधी की ऐतिहासिक चूक से आगे बढ़कर कदम बढ़ाना ही समय की माँग है। जेहादी मानसिकता के विरुद्ध लड़ना एक सकारात्मक विचारधारा मानी जाएगी, अन्यथा कल अफसोस के सिवा कुछ नहीं बचेगा।

संदर्भ—

1. शेख हसीना बांग्लादेश की प्रधानमंत्री थीं, जिनको 5 अगस्त, 2024 को विपक्षी दलों और छात्रों के विरोध प्रदर्शनों के चलते अपने पद से त्यागपत्र देकर भारत में शरण लेनी पड़ी।
2. मुस्तफा कमाल पाशा को आधुनिक तुर्की का संस्थापक माना जाता है, वे आधुनिक तुर्की गणराज्य के पहले राष्ट्रपति (1923-38) थे, उन्होंने तुर्की को आधुनिक धर्मनिरपेक्ष राष्ट्र बनाने, तुर्की भाषा को लैटिन लिपि में लिखने का नियम बनाया, मसजिदों और मदरसों को आधुनिक बनाने और यूरोपीय जीवनशैली अपनाने को प्रोत्साहित किया।
3. दियानेट (Diyanet) तुर्की का एक स्वतंत्र प्रशासनिक निकाय हैं, जो तुर्की के अंदर धार्मिक गतिविधियों और संस्थाओं को नियंत्रित करता है। दियानेट के आँकड़े के अनुसार यह विभाग 2022 में 89,302 जबकि 2021 में 89,817 मसजिदों का नियंत्रण करता था।
4. जोगेंद्र नाथ मंडल पाकिस्तान के संस्थापकों में से एक थे और उन्होंने पाकिस्तान के पहले कानून और श्रम मंत्री के साथ-साथ राष्ट्रमंडल और कश्मीर मामलों के दूसरे मंत्री के रूप में काम किया था। मोहम्मद अली जिन्ना ने मंडल को पाकिस्तान की संविधान सभा के पहले सत्र की

अध्यक्षता की जिम्मेदारी दी थी, मंडल अनुसूचित जाति (दलितों) के नेता थे, उन्होंने पूर्व और पश्चिम बंगाल दोनों में दलितों के उत्पीड़न के डर से 1947 में बंगाल के विभाजन का विरोध किया और 1950 में त्यागपत्र दे दिया, उन्होंने अपने इस्तीफे में लिखा था कि सेना, पुलिस और मुसलिम लीग के कार्यकर्ताओं के हाथों बंगाल में सैकड़ों दलितों की हत्या की घटनाएँ हुईं, जोगेंद्र नाथ मंडल की मृत्यु 1968 में हुई।

5. मुहम्मद अली जिन्ना और मुसलिम लीग के आह्वान पर 16 अगस्त, 1946 को 'प्रत्यक्ष काररवाई दिवस' (Direct Action Day) मनाया गया, जिसमें धर्म के आधार पर अलग मुसलिम देश बनाने की माँग की गई। इस दिन मुसलिम बाहुल्य क्षेत्रों में हिंदू विरोधी नारे और भाषण दिए गए, परिणामस्वरूप सांप्रदायिक दंगे शुरू हो गए और मुख्यतः हिंदू महिलाओं के साथ बलात्कार और हत्या जैसे जघन्य अपराध हुए।

□

मैकालेवादी पिंजरे में इतिहास

हाल में राष्ट्रीय शैक्षिक अनुसंधान और प्रशिक्षण परिषद् यानी एन.सी.ई.आर.टी. की पुस्तकों से कुछ बातों को हटाने पर विवाद छिड़ गया है। यह गैर-जरूरी विवाद है। ऐसे विवादों से इतिहास पर जरूरी विमर्श कमजोर पड़ जाता है।

वास्तव में भारत के इतिहास में असली लड़ाई इसके फलक की है। इतिहास के वर्तमान स्वरूप का फलक न सिर्फ छोटा है, बल्कि संकीर्ण भी है। आजादी के बाद जो इतिहास पाठ्यक्रमों में परोसा गया, वह समकालीन वैचारिक परिवेश के हित को देखकर लिखा गया है। वर्तमान कभी भी इतिहास का जनक नहीं हो सकता, अपितु इतिहास वर्तमान को बुनियाद देने में सक्षम होता है।

भारत के इतिहासकारों ने विचारों की परिधि में अगर इतिहास को नहीं ढाला होता तो पीढ़ियों को इतिहास की पुस्तकों में सात सौ वर्षों तक अस्तित्व में रहे नालंदा विश्वविद्यालय के सिर्फ भग्नावशेष से नहीं, बल्कि इस बात से भी साक्षात्कार होता कि सभ्यता में ज्ञान पर हमला कैसे, कब और क्यों हुआ? नालंदा विश्वविद्यालय दुनिया का न सिर्फ प्राचीन, बल्कि सबसे समृद्ध विश्वविद्यालय था। बख्तियार खिलजी को विश्वविद्यालय के विचारों, विद्यार्थियों और पुस्तकों से क्या दिक्कत थी? जब इसके बहुमंजिला पुस्तकालय में आग लगाई गई थी तो तीन महीने से अधिक समय लगा था पुस्तकों को जलने में। दुनिया के इतिहास में ज्ञान पर

यह सबसे बड़ा हमला था। इस पर एक छोटी सी पुस्तक है, जो हँसमुख सांकलिया[1] द्वारा लिखी गई थी। इससे इतर मिस्र में एलेक्जेंड्रिया लाइब्रेरी[2] में मात्र कुछ लाख पुस्तकें थीं, उसे भी ज्ञान के शत्रुओं के कारण नष्ट होना पड़ा था। इस पर सैकड़ों पुस्तकें लिखी जा चुकी हैं। यह इतिहासकारों के स्व-सृजित सोपानों को रेखांकित करता है। यह अकेली घटना नहीं है, जो इतिहास की दुर्बलता को दिखाती है।

मार्क्सवादी-नेहरूवादी इतिहासकारों की पूरी बौद्धिकता और प्रतिबद्धता मुगल शासकों के कुकृत्यों को ढकने में खर्च हो गई। वे भूल गए कि चयनित घटनाओं से इतिहास की अस्मिता धूमिल हो जाती है। उनके लिए बाबर, औरंगजेब के शासन को समन्वयकारी साबित करना सतत चुनौती रही है। हकीकत यह है कि इतिहास घटनाओं का संग्रह भी नहीं है। यह घटनाओं के कारण और परिणाम को ढूँढ़ता है। वहीं ईमानदार खोज भविष्य की पीढ़ियों की दृष्टि का संबल बनती है। पुस्तकों में शहीद गुरु तेगबहादुर[3] की शहादत का जिक्र तो होता है, पर उन्होंने शहादत क्यों दी और शहादत देने वाले शासकों का सामाजिक-राजनीतिक दर्शन क्या था, यह प्रश्न अनुत्तरित छोड़ दिया जाता है।

एक दूसरी घटना कम प्रासंगिक नहीं है। प्रधानमंत्री नरेंद्र मोदी ने 26 दिसंबर को 'वीर बाल दिवस' क्यों घोषित किया, इसका उत्तर इतिहास की पुस्तकों में स्पष्टता से उपलब्ध नहीं है। श्री गुरु गोविंद सिंह के दो पुत्रों, साहिबजादे जोरावर सिंह और फतेह सिंह, जिनकी आयु क्रमशः नौ और सात साल थी, को मुगल शासक ने 1704 में ईंटों की दीवार में चुनवा दिया था। पूरी दुनिया के इतिहास में धर्म परिवर्तन न करने के कारण इतनी क्रूरतम दमनकारी घटना दूसरी कोई नहीं है। त्याग और बलिदान की पराकाष्ठा सिर्फ महिमामंडन का विषय नहीं, बल्कि सभ्यता के इतिहास में मानव अस्तित्व के संबंध में दो दर्शनों के टकराव का भी इतिहास है। आखिर मार्क्सवादी-नेहरूवादी क्यों इस टकराव के पीछे के दर्शनों को दिखाने और बताने से डरते और भागते रहे।

इसलिए इतिहास का पुनर्लेखन उसके फलक के विस्तार और सर्वसमावेशी बनाने का प्रयास है। इतिहास को 'तेरा इतिहास', 'मेरा इतिहास' के जंजाल से बाहर निकालना किसी भी राष्ट्र के बौद्धिकों का नैतिक दायित्व होता है। इतिहास पर कुलीनता का प्रकोप इस यथार्थ से दूर कर देता है। परिणामस्वरूप इतिहास का बड़ा अंश लोक-स्मृतियों और श्रुतियों से आगे नहीं बढ़ पाता है। पुस्तक का अंश नहीं बन पाता है। आजादी के अमृत महोत्सव ने भारतीय इतिहास की कुलीनता को उजागर किया है। इसने आजादी के संघर्ष को टटोलने की जरूरत बताई है। देश को स्वतंत्र करने में सामान्य लोगों ने कितने जुल्म सहे और किस साहस का परिचय दिया, वह गांधी-नेहरू इतिहास की परिधि में प्रवेश नहीं पा सका है।

मुझे दो ऐसे लोगों से मिलने का अवसर मिला, जिनका जन्म अपने पिता की शहादत के बाद हुआ। इनमें एक वर्धा में डॉ. अरविंद माल्पे हैं। माल्पे के पिता डॉ. गोविंद माल्पे 1942 में त्रिचूर (महाराष्ट्र) में पुलिस की बर्बरता के शिकार और शहीद हुए। तब अरविंद माल्पे अपनी माँ के गर्भ में थे। दूसरे शहीद कुमार हैं। वे बेगूसराय (बिहार) के मेघौल नामक गाँव में शहीद पिता की संतान हैं। अंग्रेज अधिकारी ने उनके पिता राधा प्रसाद सिंह की देशभक्ति का जवाब उन्हें खंजर से मारकर दिया। मरते-मरते वे कह गए कि "शहीद कुमार (उनकी पत्नी के गर्भ में पल रहा शिशु) आ रहा है।" जब राधा प्रसाद सिंह पर पुलिस की बर्बरता हो रही थी, तब रामरती देवी ने उसका प्रतिकार किया, पत्थर फेंका। तब उन पर गोली चलाई गई। वे घायल हुईं और बच गईं। मगर उन्हें स्वतंत्रता सेनानी का सम्मान नहीं मिल पाया। उनकी मृत्यु 1996 में हुई। ये दोनों घटनाएँ बताती हैं कि साम्राज्यवाद से मुक्ति पाने में अनगिनत लोगों ने अकल्पनीय त्याग किया। वे गाँवों के सामान्य लोग थे। मगर इस इतिहास को संकलित करने की जगह वर्तमान को भूत पर थोपने की अनवरत लड़ाई चलती रही।

इतिहास जब विचारों की प्रयोगशाला बन जाता है, तब विवाद और विमर्श गैर-जरूरी घटनाओं और पात्रों के इर्द-गिर्द सिमट जाता है। चाहे-

अनचाहे हम उस विवाद का हिस्सा बनकर रह जाते हैं। इतिहास को कमजोर बनाए रखने के पीछे गहरी साजिश रही है। पहला, राष्ट्र के 'स्व' को उभरने से रोकना और दूसरा, चहेते लोगों को नायक बनाकर प्रस्तुत करना।

भारत की आजादी के आंदोलन में अग्रिम पंक्ति के नेताओं में प्रभावशाली वर्ग पश्चिम से अभिभूत था, इसलिए साम्राज्यवादी आतंक के प्रति चयनित और नरम रहना उनके इतिहासकारों का धर्म बन गया है। तभी तो मोहन रानाडे की घटना इतिहास के पन्नों की जगह संसदीय विमर्श में सिमटकर रह गई। वे पुर्तगाली साम्राज्यवाद का विरोध करते हुए पकड़े गए थे। गोवा की मुक्ति के लिए वे संघर्ष कर रहे थे। उन्हें पुर्तगाल की राजधानी लिस्बन भेज दिया गया। उनकी माँ रमाबाई आप्टे की आँखों की रोशनी जा रही थी। रेडक्रॉस सोसाइटी के अंतरराष्ट्रीय अध्यक्ष की मदद से उन्होंने पुर्तगाल सरकार को अपने पुत्र को देखने की इच्छा का प्रार्थना पत्र भेजा, पर वह अस्वीकृत हो गया। भारत की सरकार ने 1960 के दशक में सैंतीस सौ पुर्तगाली सैनिकों को मुक्त कर पुर्तगाल जाने दिया, पर उसकी एवज में मोहन रानाडे को वापस लौटाने की शर्त नहीं रख पाई। संसद में 1966 में इस पर सवाल-जवाब हुए। सरकार निरुत्तर थी, पर लज्जित नहीं।

भारत के इतिहासकारों की विडंबना है कि उनकी पहली प्रतिबद्धता राजनीतिक विचारधारा की रही है। इस तरह इतिहास लेखन उसकी बलि चढ़ता रहा। भारत की दस हजार साल पुरानी सभ्यता के इतिहास को किसी कालखंड विशेष के ग्रहण से मुक्त कराना आवश्यक ही नहीं, अनिवार्य है। घटनाएँ निर्जीव नहीं होती हैं। प्रत्येक घटना एक मानवीय प्रवृत्ति और सामाजिक दर्शन को अपने अंदर समेटे रहती है। इतिहासकार का काम चींटी की तरह चीजों को सिर्फ एकत्रित करना नहीं, बल्कि उस मकड़ी की तरह जाल बुनना भी होता है, जिसे 'विमर्श' (नैरेटिव) कहते हैं, इसलिए इतिहास पुनर्लेखन में न आक्रामक होने की जरूरत है, न ही अपराधबोध से ग्रस्त होने की।

संदर्भ—

1. हसमुख सांकलिया (1908–1989) एक भारतीय पुरातत्त्वविद् और इतिहासकार थे। प्राचीन नालंदा विश्वविद्यालय पर उन्होंने 'यूनिवर्सिटी ऑफ नालंदा' (1934) नामक पुस्तक लिखी।
2. एलेक्जेंड्रिया लाइब्रेरी, जिसे 'लाइब्रेरी ऑफ एलेक्जेंड्रिया' भी कहा जाता है। यह पुस्तकालय मिस्र के एलेक्जेंड्रिया शहर में स्थित थी। इसकी स्थापना लगभग 297 BCE में टॉलमी राजवंश के शासनकाल में की गई थी। यह लाइब्रेरी 48 BCE में आग में नष्ट हुई, जिसमें जुलियस सीजर भी शामिल था।
3. गुरु तेग बहादुरजी (1621–1675) सिखों के नौवें गुरु थे। उन्होंने धर्म संस्कृति की रक्षा में बलिदान का अभूतपूर्व उदाहरण प्रस्तुत किया।

□

अधूरा भारत

बिहार के बेगूसराय में गंगा तट पर एक छोटा सा गाँव है नौलागढ़[1]। आधी शताब्दी पूर्व पाल वंश[2] (750–1174) ने उत्तर भारत में चार सौ वर्षों तक शासन किया था, यहाँ उसका भरपूर अवशेष मिला। पर व्यवस्था और बुद्धिजीवी दोनों सोए रहे। अनेक बहुमूल्य चीजें नष्ट हो गईं, चोरी हो गईं या विलुप्त हो गईं। यह कहानी सिर्फ नौलागढ़ तक सीमित नहीं है। दक्षिण में तुंगभद्रा नदी के तट पर विजयनगर साम्राज्य[3] का हंपी शहर है। उसकी धरोहर उदासीनता के कारण आधी–अधूरी ही बची रही। औपनिवेशिक काल में भारतीय पुरातत्त्व सर्वेक्षण का गठन, 1861 में, पुरातत्त्वों को सुरक्षित रखने और धरोहरों की खोज के लिए किया गया था। इसके पास मात्र चार हजार स्मारक हैं, जबकि एक अनुमान के अनुसार देश में सात लाख से अधिक विरासत की संरचनाएँ हैं। इसने स्वीकार किया है कि अपनी धरोहरों के प्रति उपेक्षा के कारण पैंतीस फीसदी स्मारक और अवशेष गायब हो गए। यूनेस्को की जानकारी चौंकाने वाली है। इसके अनुसार 1989 तक भारत की पचास हजार कला सामग्री का अवैध निर्यात हुआ है। आखिर इनको सहेजना, सुरक्षित रखना और समझना क्यों आवश्यक है ? इन प्राचीन धरोहरों के महत्त्व को जब तक हम नहीं समझेंगे, तब तक इनको सहेजने और सुरक्षित रखने की भावना नहीं जागेगी। इनकी जानकारी विश्व की सभ्यताओं में हमारा स्थान और हमारी भूमिका बताते हुए हम कैसे और कौन थे और हमारा योगदान कला–विज्ञान, साहित्य, दर्शन, वास्तुकला में

क्या था, इसका साक्षात्कार हमारी समकालीन साझी चेतना के साथ कराता है। इसी को राष्ट्रकवि मैथिलीशरण गुप्त[4] ने इन पंक्तियों में अभिव्यक्त किया था, "हम कौन थे, क्या हो गए और क्या होंगे अभी/आओ विचारें आज मिलकर, ये समस्या सभी।"

दुनिया की सभ्यता में हम जो थे, उससे हम स्वयं अज्ञात बने रहे। इसने हमारी भूमिका को गौण और हमें कमजोर बना दिया। यूरोप ने जहाँ तक हमारी सभ्यता और संस्कृति को टटोला और उसके आधार पर जो पहचान दी, वहीं हम ठहर गए। हमारे कुलीन राजनेता और इतिहासकार उसी में जोड़-घटाव करते रहे। जो मिशन और लक्ष्य, साझा प्रयास, संयुक्त उपक्रम और सम्मिलित संकल्प का था, वह वैचारिक बहस और विभाजन का कारण बन गया। जिन लोगों ने इतिहास के उन अलिखित और लिखित पृष्ठों, धरोहरों, घटनाओं को ढूँढ़ना अपना दायित्व माना, उन्हें किनारे स्वतंत्र भारत के नेहरूवादी राज्य ने ही नहीं किया, बल्कि आधुनिकता बनाम पिछड़ेपन के विमर्श के चक्रव्यूह में अभिमन्यु की तरह घेरने की कोशिश होती रही। जो बातें अविवादित थीं, उन्हें विवादित बना दिया गया। इसने भारत के संदर्भ में विचारों की लड़ाई का सृजन किया। औपनिवेशिक काल से नेहरू युग तक गंगा-यमुनी संस्कृति का धुँधला और कृत्रिम विचार परोसा गया। साझापन का यह विचार हमें अपने ही इतिहास को टटोलने पर पूर्णविराम लगाता रहा। भारत को बाँधने का यह उपक्रम था। जो इस लक्ष्मण रेखा को तोड़ते रहे, वे गंगा-यमुनी साझी संस्कृति के शत्रु घोषित रहे। स्वाभाविक है, राष्ट्रीय स्वयंसेवक संघ पहली पंक्ति में रहा, परंतु संघेतर अनंत लोग और समूह अपनी अस्मिता की खोज में लगे रहे। विचारों के संघर्ष ने राजनीतिक चौहद्दी को अप्रासंगिक बना दिया। कांग्रेस के कन्हैयालाल माणिकलाल मुंशी[5] से लेकर संपूर्णानंद सहित साहित्यकार, समाजशास्त्री, पुरातत्त्ववेत्ता आदि इस राह पर चलते रहे। प्रतिबद्धता के साथ परिश्रम ही परिणामकारी सिद्ध होता है।

आखिर स्वतंत्रता के पश्चात् भारतीय राज्य की विवशता का कारण

क्या था? इसका कारण जानना कठिन नहीं है। ब्रिटिश साम्राज्यवाद सिर्फ राजनीतिक सत्ता पर आधिपत्य का नाम नहीं था। यह भारत की संस्कृति, भाषा, समाज, अध्यात्म और दर्शन सब पर हमला था। इसे जानना-समझना कठिन नहीं है। ब्रिटिश राज में आठ जनगणनाएँ (1892 से 1941 तक) हुईं। उन रिपोर्टों में धर्मांतरण में ईसाई मिशनरियों की तुलनात्मक सफलता, भारतीय समाज के विरोधाभासों के आधार पर हिंदू की नई परिभाषा गढ़ने का प्रयास अनवरत चलता रहा। हमारी विविधता को प्रतिद्वंद्विता में ढाला जाता रहा। पर साम्राज्यवाद विरोधी आंदोलन का नेतृत्व सिर्फ राजनीतिक लड़ाई लड़ता रहा। संस्कृति, समाज, भाषा पर हमले का प्रतिकार नहीं हुआ। जिन्होंने साम्राज्यवाद विरोध के फलक को बढ़ाने की कोशिश की, वे शीर्ष नेतृत्व का हिस्सा नहीं बन पाए। बिपिन चंद्र पाल[6], अरविंद घोष[7] और लोकमान्य बालगंगाधर तिलक ऐसे ही कुछ प्रतिनिधि नाम हैं। इसलिए स्वतंत्रता के पश्चात् भारतीय नेतृत्व यूरोप की मानसिकता से जकड़ा रहा।

इसके विरोध में खड़े लोग इस बात के लिए सचेत थे कि वे वही गलती न करें, जो कांग्रेस अंग्रेजों से लड़ने में करती रही। विरोध की संस्कृति रचनात्मक विकल्प पर खड़ी होनी चाहिए, अन्यथा हार-जीत दोनों ही स्थिति में बड़ी बौद्धिक खाई पैदा हो जाती है। यह नारेबाजी, अवसरवाद और अनेक विसंगतियों की माँ होती है। अल्प बुद्धि के आरामभोगी लोग बौद्धिकता का नेतृत्व करने लगते हैं। इस न्यूनता ने दुनिया के अनेक राष्ट्रों को संस्कृति और विरासत से दूर कर दिया है।

भारत के सामने चुनौती अधूरेपन से निकलने की है। यह अधूरापन अपनी ऐतिहासिक विरासत से विमुख रहने के कारण है। सभी आक्रांताओं द्वारा निरंतर हमारी बौद्धिक और सांस्कृतिक संपदा पर हमले के बावजूद हमारे पास दुनिया के सभी देशों से अधिक पांडुलिपियाँ हैं। संपूर्णानंद संस्कृत विश्वविद्यालय के पास पंचानबे हजार पांडुलिपियाँ हैं तो गवर्नमेंट मैनुस्क्रिप्ट लाइब्रेरी[8] (चेन्नई) के पास ताड़पत्रों पर लिखी पचास हजार पांडुलिपियाँ हैं। मैसूर के ओरियंटल रिसर्च इंस्टीट्यूट[9] के पास ताड़पत्रों एवं कागजों पर

लिखी पचहत्तर हजार पांडुलिपियाँ हैं। अब तक की खोज के आधार पर देश में पचास लाख पांडुलिपियाँ हैं। ब्रिटेन के बोडलियन पुस्तकालय[10] और अमेरिका के पेंसिलवेनिया विश्वविद्यालय[11] में संस्कृत की क्रमशः 8700 और 3500 पांडुलिपियाँ हैं।

अभी हम इसे सहेजने में ही लगे हैं, इनका अध्ययन और शोध सांकेतिक है। अपनी धरोहर से जो ध्वनि निकलती है, उसे समझने के लिए सामर्थ्य विकसित करनी होती है। यह एक लंबी प्रक्रिया है। इसी दौर में बौद्धिक संस्कृति का निर्माण होता है। किसी सांस्कृतिक परंपरा की निरंतरता में सभ्यता का मूल चरित्र छिपा होता है। बिहार के अहिरौली का पंचकोशी मेला और राजस्थान का पुष्कर मेला यूरोप के अधिकांश देशों की आयु से प्राचीन हैं। रचनात्मक अध्यात्म उसे जीवित रखे हुए है। उसे समझने के लिए उसका अंग बनना पड़ता है। अन्यथा कुंभ मेले में 1894 में दस लाख, 1930 में तीस लाख, 1954 में पचास लाख, 2013 में एक करोड़ बीस लाख लोगों का आना भीड़ दिखेगा। तभी तो कुंभ को 1942 में देखने पहुँचे लॉर्ड गवर्नर जनरल लिनलिथगो[12] ने मदन मोहन मालवीय से पूछा था कि इसके प्रचार में कितना पैसा लगा? तो मालवीयजी का उत्तर था—दो पैसा, जो पचांग की कीमत थी।

नए भारत में पुनरुत्थान का वायुमंडल भारत के लिए अधूरेपन से पूर्णता की ओर बढ़ने का रास्ता खोलता है। हमारी अस्मिता हमारे अस्तित्व की बुनियाद है। तभी तो विरासत का दायरा भारत के भूगोल से और इतिहास का फलक सभ्यता की चौहद्दी से वृहत्तर साबित हो रहा है। भारत का शेष भूगोल और इसके लोग ही इन दोनों के संरक्षक और संवाहक हैं। जो बात डब्ल्यू.बी. यीट्स[13] ने रवींद्रनाथ टैगोर[14] के लिए कही थी, उसे इस राह के सभी राहियों पर उतारने की जरूरत है—'हम लड़ते हैं तथा धनोपार्जन करते हैं और अपने मस्तिष्क को राजनीति से भर देते हैं। भारत की सभ्यता की तरह टैगोर इसकी आत्मा को ढूँढ़कर संतुष्ट रहते हैं और इसकी क्षमता के प्रति आत्मसमर्पण कर देते हैं।'

संदर्भ—

1. नौलागढ़, बिहार के बेगूसराय जिले में स्थित एक गाँव है। यह पाल वंश की राजधानी क्षेत्र में था, इसके अवशेष यहाँ विद्यमान हैं और आज भी इतिहासकारों द्वारा उपेक्षित हैं।
2. पाल वंश भारतीय उपमहाद्वीप में 8वीं से 12वीं शताब्दी के दौरान बंगाल, बिहार और ओडिशा के कुछ हिस्सों पर शासन करनेवाला एक राजवंश था। इसकी स्थापना गोपाल ने की थी, धर्मपाल और देवपाल जैसे महान् शासकों के तहत यह अपने चरम पर पहुँचा। पाल शासक बौद्ध धर्म के संरक्षक थे। इस वंश के शासक धर्मपाल ने विक्रमशिला विश्वविद्यालय की स्थापना की थी।
3. विजयनगर साम्राज्य दक्षिण भारत में 14वीं से 17वीं शताब्दी के बीच एक शक्तिशाली साम्राज्य था। इसकी स्थापना सन् 1336 में हरिहर और बुक्का राय ने की थी। यह साम्राज्य कला, वास्तुकला और संस्कृति के लिए प्रसिद्ध था। हंपी इसकी राजधानी थी। यहाँ आज भी कई ऐतिहासिक धरोहर मौजूद हैं।
4. मैथिलीशरण गुप्त (1886-1964) राष्ट्रकवि थे। 'साकेत' और 'भारत-भारती' उनकी प्रसिद्ध रचनाएँ हैं।
5. कन्हैयालाल माणिकलाल मुंशी (1887-1971) एक लेखक, शिक्षाविद् और स्वतंत्रता सेनानी थे। वे 'भारतीय विद्या भवन' (जिसने भारत के इतिहास लेखन में महत्त्वपूर्ण भूमिका निभाई) के संस्थापक थे। भारतीय संविधान सभा के सदस्य थे, 'जय सोमनाथ' (1937) उनकी प्रसिद्ध कृति है।
6. बिपिन चंद्र पाल (1858-1932) विचारक थे। वे सांस्कृतिक राष्ट्रवाद के प्रबल प्रवक्ता थे। 'सोल ऑफ इंडिया' उनकी प्रमुख कृति है।
7. अरविंद घोष (1872-1950) दार्शनिक और योगी थे। उन्होंने ब्रिटिश शासन के खिलाफ क्रांतिकारी गतिविधियों में महत्त्वपूर्ण भूमिका निभाई। स्वतंत्रता संग्राम के बाद उन्होंने आध्यात्मिकता की ओर रुख किया और पुडुचेरी में एक आश्रम की स्थापना की। उनकी प्रमुख रचनाओं में 'सावित्री' और 'द लाइफ डिवाइन' शामिल हैं, जो योग और दर्शन पर आधारित हैं।
8. गवर्नमेंट ओरिएंटल मैनुस्क्रिप्ट लाइब्रेरी, चेन्नई, तमिलनाडु में स्थित एक पांडुलिपि संग्रहालय और शोध केंद्र है। इसकी स्थापना सन् 1869 में हुई थी। यहाँ विभिन्न भाषाओं में लिखी हुई 70,000 से अधिक पांडुलिपियाँ संगृहीत

हैं, जिनमें तमिल, संस्कृत, तेलुगू, कन्नड़ और अन्य भाषाओं की दुर्लभ रचनाएँ शामिल हैं। यह लाइब्रेरी न केवल पांडुलिपियों का संरक्षण करती है, बल्कि शोधकर्ताओं और विद्वानों को उनके अध्ययन और अनुसंधान के लिए संसाधन भी उपलब्ध कराती है।

9. ओरिएंटल रिसर्च इंस्टीट्यूट मैसूर, कर्नाटक में स्थित एक अनुसंधान संस्थान है, जिसकी स्थापना मैसूर के महाराजा चामराजा बडियार बहादुर ने 1891 में की थी। यह संस्थान प्राचीन भारतीय साहित्य, पांडुलिपियों और शास्त्रों के अध्ययन और संरक्षण के लिए प्रसिद्ध है। यहाँ पर 45,000 से अधिक पांडुलिपियाँ संगृहीत हैं, जिनमें कौटिल्य के 'अर्थशास्त्र' का सबसे पुराना संस्करण भी शामिल है। मैसूर विश्वविद्यालय की 1916 में स्थापना के बाद यह संस्थान पूर्णतः इसके नियंत्रण में कार्य करने लगा।
10. बोडलियन पुस्तकालय ब्रिटेन के ऑक्सफोर्ड विश्वविद्यालय का एक अनुसंधान पुस्तकालय है, जिसकी स्थापना 1602 में हुई थी। यह विश्व के पुराने पुस्तकालयों में से एक है, जिसमें 1.3 करोड़ से अधिक प्रिंट सामग्रियाँ संगृहीत हैं।
11. पेंसिलवेनिया विश्वविद्यालय अमरीकी विश्वविद्यालय है, जिसकी स्थापना 1740 में बेंजामिन फ्रैंकलिन द्वारा की गई थी।
12. लॉर्ड लिनलिथगो (1887-1952) सन् 1936 से 1943 तक भारत का वायसराय और गवर्नर जनरल था।
13. डब्लू.बी. यीट्स (1865-1939) एक आयरिश कवि और नाटककार थे, जिन्हें 1923 में साहित्य के लिए नोबेल पुरस्कार मिला। यीट्स ने गुरुदेव रवींद्रनाथ टैगोर की काव्य रचना 'गीतांजलि' का अंग्रेजी में अनुवाद किया था।
14. रवींद्रनाथ टैगोर (1861-1941) गुरुदेव के नाम से प्रसिद्ध हैं, 1913 में साहित्य के लिए नोबेल पुरस्कार मिला। 'गीतांजलि', 'चोखेरबाली' आदि इनकी प्रमुख रचनाओं में शामिल हैं। टैगोर ने भारत के राष्ट्रगान 'जन गण मन' और बांग्लादेश के राष्ट्रगान 'आमार सोनार बांग्ला' की भी रचना की। इन्होंने शांति निकेतन की स्थापना की।

□

आस्थावान भारत

भारत क्या है? इसका उत्तर यही होगा कि फ्रांस या पोलैंड की तरह एक देश है। यह सही तो है, पर सत्य नहीं है। सही इसलिए है कि भूभाग और भौतिक स्वरूप की जो आवश्यकता होती है, उसे यह पूरा करता है। सत्य इसलिए नहीं है कि जहाँ भूगोल और भौतिकता की बुनियाद पर आधारित सभ्यताएँ इतिहास के गर्भ में समाती रही हैं, भारत की यात्रा निर्बाध रूप से चलती रही है। इसके एक मंदिर या मठ अथवा समुदाय या परंपरा का ही इतिहास सैकड़ों वर्षों का है। इस निरंतरता और जीवंतता का कारण इसका आस्थावान होना है। आस्था से ही इसने अपने जीवन मूल्यों को ढाला है। अत: आस्था को हटाकर भारत की कल्पना नहीं की जा सकती। इसको जानने, समझने और परिभाषित करने का यह अत्यंत ही सटीक मार्ग है। जब-जब इसकी आस्था पर प्रहार हुआ, भारत की सामूहिक चेतना चट्टान की तरह खड़ी रही। इस आस्था के कारण ही इसके चिंतन, सोच और खोज तीनों में ब्रह्मांडीय-चेतना है, जो जीव-निर्जीव के संबंधों को भी परिभाषित करता है। कैलाश पर्वत से लेकर गंगा, नर्मदा तक इसे हम देख सकते हैं। एक बात, जो इसे अन्य देशों से अलग करती है, वह है—वे अपने अस्तित्व से अस्मिता उपार्जित करते हैं, जबकि भारत अपनी अस्मिता के आईने में अस्तित्व को देखता है। इसी अस्मिता की समृद्धि यह सहस्राब्दियों से करता रहा है। अस्मिता सदैव अस्तित्व के भौतिक स्वरूप से बड़ी रही है। तभी तो युद्ध, आक्रमण और प्रतिकार—तब और अब शस्त्र से अधिक शास्त्र केंद्रित रहा है।

बख्तियार खिलजी[1] ने धन लूटने और अत्याचार करने के साथ विश्वप्रसिद्ध नालंदा विश्वविद्यालय[2] को जलाना अपने उपक्रम का अभिन्न हिस्सा माना। यह अपवादस्वरूप घटना नहीं है।

भारत विजय को आक्रमणकारी कभी पूर्ण नहीं मानते थे, क्योंकि आस्था ने अस्मिता की माँग को उजड़ने नहीं दिया। गजनी[3], गोरी[4] से बाबर तक आस्था के केंद्र और वाहक निशाने पर रहे हैं। यह भी एक कारण रहा है कि भारत की अधोगति के लिए ब्राह्मण को जिम्मेदार ही नहीं, एकमात्र कारण प्रमाणित करने का प्रयास होता रहा है। यह इस उदाहरण से और भी साफ हो जाता है कि 1911 की जनगणना में गरीब और जातीय रूप से उपेक्षितों को कर्मकांड की सेवा देने वाले पुरोहित ब्राह्मणों को 'गिरे हुए ब्राह्मण' की संज्ञा दी गई।

साम्राज्यवादी या आक्रमणकारी भूल में थे कि मंदिरों से आस्था पैदा होती है। यूरोप में चर्च और राज्य के बीच सामंजस्य एवं संघर्ष की कहानी के कारण वे भारत की आस्था का अभिप्राय नहीं समझ पाए। यह विकेंद्रीकृत है और निरंतर स्व-आलोचना पर भी आधारित है। यह जितनी मंदिर में है, उतनी ही नदी, पीपल, केले के पेड़ों में, तुलसी के पत्तों में और प्रकृति के अन्य उपादानों में है। इसलिए पश्चिम से आयातित विचार पीढ़ियों को पढ़ाया गया, पर भारतीय मन उससे अस्पृश्य बना रहा। हिंदू अपने अस्तित्व एवं अस्मिता के लिए अव्यक्त चिंता में रहा है। हिंदुत्व के आंदोलन की उत्पत्ति उसी चिंता को संबोधित करने का आधार बना। चिंता आध्यात्मिक स्वतंत्रता के निरंतर बाधित होने की, भूगोल खंडित होते रहने की और अपने प्रति अपराध बोध के भाव के अमरबेल की तरह पसरते रहने की थी।

मैकाले[5] और मार्क्स के अनुयायियों ने भारत-बोध को यूरोप का प्रतिबिंब बनने में देखना शुरू किया। यह एक बड़ी त्रासदी तब साबित हुई, जब राजनीतिक स्वतंत्रता को सब कुछ मान लिया गया। संविधान सभा में ईमानदार प्रयास हुआ घड़ी की सूई की दिशा ठीक करने का, पर यूरोप केंद्रित ताकत ने अपना आधिपत्य बनाए रखा। संविधान सभा की बहस में महावीर त्यागी[6]

ने कहा था कि स्वराज का तात्पर्य रामराज है, जो राजनीतिक स्वतंत्रता तक सीमित नहीं है।

इस देश की आध्यात्मिक आजादी तब छिन गई, जब सोमनाथ[7] पर आक्रमण हुआ। यह क्रम चलता रहा। काशी, मथुरा, अयोध्या इसके ज्वलंत उदाहरण हैं। सांस्कृतिक स्वतंत्रता और संप्रभुता की प्राप्ति लक्ष्य नहीं बन पाया। उल्टे उस लक्ष्य को आधुनिकता और पंथनिरपेक्षता का निषेध माना जाता रहा। राजनीतिक और बौद्धिक कुलीन आम हिंदू को न तो अपनी बात से सहमत कर पाए और न ही परास्त कर पाए। वे विरासत को धूमिल करने और आस्था के आक्रांताओं को भारतीय वांग्मय का सम्मानित हिस्सा बनाने का प्रयास जरूर करते रहे। यह तभी संभव था, जब हिंदुओं का अहिंदूकरण होता रहे। इसी भय के कारण संविधान सभा में लक्ष्मीकांत मैत्रा और एच.वी. कामथ[8] ने चेताया था कि भारतीय राज्य को धर्म और अध्यात्म की अवधारणाओं से अलग करना भारत की अस्मिता मिटा देने के समान होगा।

ओडिशा के लोकनाथ मिश्र[9] ने एक कदम आगे बढ़कर चेतावनी के स्वर को और भी प्रखर किया। उन्होंने नेहरूवादियों से कहा कि जिस धर्मनिरपेक्षता के ब्रह्मसूत्र को वे मान रहे हैं, वह एक फिसलने वाली जमीन है, जिसका अभिप्राय भारत की प्राचीन संस्कृति और विरासत को नजरअंदाज कर देना है। यूरोप से आयातित विचार प्रणाली को खारिज कर भारतीय अवधारणाओं को सहज रूप से पनपने के अवसर की माँग कन्हैया लाल माणिक लाल मुंशी ने की। इसके स्वर में राजकुमारी अमृत कौर,[10] तजामुल हुसैन[11] और एच.सी. मुखर्जी[12] का स्वर मिला हुआ था। वे वटवृक्ष नहीं बन पाए, पर बीज बने रहे। आस्था, अस्मिता और अस्तित्व की हिंदू चिंता को राज्य ने पहली बार साहस और संकल्प के साथ 2014 से संबोधित करना शुरू किया। नरेंद्र मोदी आस्थावान प्रधानमंत्री सिद्ध हुए। उन्होंने सर्वसमावेशी हिंदू मन को सिमटने, मिटने और संकोची बने रहने के भय से मुक्त किया। छद्म धर्मनिरपेक्ष बौद्धिकों की जमात के शोर-शराबे के बीच यह कहना किसी फौलादी व्यक्तित्व और आध्यात्मिक संकल्प के कारण ही संभव हो सका।

अब यह यात्रा अपरिवर्तनीय बन चुकी है। जैसे-जैसे चिंता को गहराई से संबोधित किया जा रहा है, आलसी, भयभीत, छद्म विवेकवादी और उदासीन हिंदू अपने नए स्वाभाविक स्वरूप में वापस आ रहा है। आस्था प्रबलता दिखा रही है। तभी तो पिछले दो वर्षों में काशी विश्वनाथ में धर्मयात्रियों की संख्या 12.92 करोड़ थी। कुंभ में श्रद्धालुओं की संख्या छलाँग लगा रही है। इसलिए राम मंदिर का बहिष्कार करने वाले राजनेता इतने यूरोपीय हो चुके हैं कि आस्था उनके लिए प्रतिक्रियावाद बन चुकी है। उनका जीवनकाल इसी अविवेक और अज्ञानता में व्यतीत होगा या द्वंद्व का शिकार बना रहेगा। हिंदू चिंता को संबोधित करते हुए आस्था के प्रति चेतना जताना ही मोदी को दिग्विजयी बना देता है। यह आस्था के पुनर्जागरण का काल है।

संदर्भ—

1. बख्तियार खिलजी (1150-1206) एक बर्बर आक्रांता था। 1190 के दशक में उसने विश्वप्रसिद्ध नालंदा विश्वविद्यालय को नष्ट कर दिया था।
2. नालंदा विश्वविद्यालय प्राचीन भारत का एक विश्वविख्यात शिक्षण केंद्र था। इसकी स्थापना गुप्त वंश के शासक कुमारगुप्त प्रथम (399-455) ने की थी।
3. महमूद गजनी (971-1030 CE) गजनी (वर्तमान अफगानिस्तान एवं उत्तर पूर्व ईरान) का शासक था। 1025 में उसने गुजरात के पश्चिमी तट पर सौराष्ट्र के सोमनाथ मंदिर पर आक्रमण किया।
4. मुहम्मद गोरी (1149-1206) मध्य एशिया का एक शासक और आक्रांता था। 12वीं शताब्दी के अंत में उसने भारतीय उपमहाद्वीप पर आक्रमण किया। 1191 और 1192 में पृथ्वीराज चौहान के साथ तराइन के मैदान में युद्ध हुआ। इसके पश्चात् उसने दिल्ली सल्तनत की नींव रखी।
5. थॉमस बैबिंगटन मैकॉले (1800-1859) एक प्रशासनिक अधिकारी के रूप में ब्रिटेन से भारत आया था। भारतीयों को मानसिक गुलाम बनाने के लिए भारत की अपनी शिक्षा पद्धति को समाप्त कर यूरोप केंद्रित सोच और संस्कृति पर आधारित शिक्षा पद्धति प्रस्तावित की जिसे 'मैकाले मिनट्स'(1835) कहा जाता है।

6. महावीर त्यागी (1899–1980) स्वतंत्रता सेनानी और संविधान सभा के सदस्य थे। 1919 के जालियाँवाला बाग हत्याकांड के बाद इन्होंने ब्रिटिश इंडियन आर्मी से इस्तीफा दे दिया। वे तीन बार (वर्ष 1952, 1957 और 1962) लोकसभा के सदस्य रहे।
7. सोमनाथ मंदिर गुजरात के सौराष्ट्र क्षेत्र में स्थित एक प्राचीन मंदिर है, जो भगवान् शिव के 12 ज्योतिर्लिंगों में एक है।
8. एच.वी. कामथ (1907–1982) संविधान सभा में समाजवादी पक्ष के मुखर सदस्य थे, वे तीन बार (वर्ष 1952, 1962 एवं 1977) लोकसभा के सदस्य रहे।
9. लोकनाथ मिश्र (1922–2009) उड़ीसा से भारतीय संविधान सभा के सदस्य थे।
10. राजकुमारी अमृत कौर (1887–1964) मध्य प्रांत से संविधान सभा की सदस्य चुनी गईं, स्वतंत्रता प्राप्ति के बाद वे भारत की पहली स्वास्थ्य मंत्री बनीं। अखिल भारतीय आयुर्विज्ञान संस्थान (एम्स) की स्थापना में उनकी मुख्य भूमिका थी।
11. तजामुल हुसैन (1893–1974) संविधान सभा के सदस्य थे। वे बिहार मुसलिम लीग के अध्यक्ष थे, वे दो बार (1952 से 1956 एवं 1956 से 1962) राज्यसभा के सदस्य रहे।
12. एच.सी. मुखर्जी : (1887–1956) : आस्था से ईसाई थे, जिन्होंने संविधान सभा के उपाध्यक्ष के रूप में प्रभावी भूमिका निभाई।

□

विविधता की ताकत

भारत के नए संसद भवन की एक विशेषता यह भी है कि वह भारतीय राष्ट्र की विविधता को जीवंत रूप में प्रस्तुत करता है। पुराने संसद भवन में इसका सर्वथा अभाव था। प्रधानमंत्री नरेंद्र मोदी ने उद्घाटन भाषण में इस पक्ष पर जोर दिया। इसका कारण है—विविधता भारत के लिए पहचानों का जंगल नहीं होकर सतत प्रवाह के समान है। भारत को दुनिया में यही अपवाद बनाता है। बहुलता हमारे लिए घबराहट का नहीं, आत्मविश्वास का कारण रहा। यही आत्मविश्वास नए संसद भवन के उद्घाटन में दिखाई पड़ा। जब पुराने संसद भवन का निर्माण हो रहा था, तब साम्राज्यवादी भारतीयता को समझने और उसे स्वीकार करने में अपनी ही बौद्धिकता से जूझ रहे थे।

उपनिवेशवाद[1] के कई आयाम थे। यह राजनीतिक दासता तक सीमित नहीं था। यह दासता दिखाई पड़ती है, इसलिए साम्राज्यवाद इसका पर्याय बन गया था। उपनिवेशवादी अलग-अलग स्तरों पर काम कर रहे थे। भारत का अध्यात्म, सामाजिक-सांस्कृतिक जीवन और विचार-प्रणाली, तीनों ही उनके निशाने पर थे। ऐसा करने में न तो उन्हें संकोच था, न ही अपराधबोध। वे हमें हीन और अपने आपको श्रेष्ठता का प्रतिमान मानते थे। लेकिन भारत की विविधता के प्रवाह ने उन्हें नतमस्तक होने के लिए बाध्य कर दिया। जिस समाज का 'स्व' जीवंत होता है, वह कभी पराजित नहीं होता। भारत उसका अनुपम उदाहरण है। इसके राज, सत्ता और संपदा पर आधिपत्य ने इसके 'स्व' को पराजित तो दूर, भ्रमित तक होने नहीं दिया। सन् 1872 में देश की

पहली जनगणना हुई। तब बंगाल में जनगणना के प्रभारी अधिकारी एच. बेवरले[2] ने रिपोर्ट में एक सवाल खड़ा किया कि हिंदू क्या है ?

ब्रिटिश काल की जनगणना की कुछ विशेषताएँ थीं। उस कार्य में बड़ी संख्या में बौद्धिकों की भागीदारी होती थी। सूक्ष्म स्तरों पर समाज की प्रवृत्तियों और परंपराओं को वे समझने की कोशिश करते थे। उनका उद्देश्य जो भी रहा हो, उनके विश्लेषण में भारत का वैशिष्ट्य उभरकर सामने आता रहा। वेभरले का वह प्रश्न इस संदर्भ में महत्त्वपूर्ण था। जनगणना करने वाले लोगों से पूछते थे कि धर्म क्या है ? तो उनका उत्तर तो हिंदू होता था, लेकिन उनके अध्यात्म, सामाजिक-सांस्कृतिक जीवन में घोर अंतर होता था। वे तो उस मन, बुद्धि, विचार के थे कि जैसे ईसाई या इसलाम की कुछ विशेषताएँ होती हैं, जिसके कारण कोई साफ-साफ ईसाई या मुसलिम नजर आता है, वैसी ही कुछ विशेषताएँ हिंदुओं की भी होंगी, लेकिन ऐसा नहीं था। इसलिए उन्हें निराशा तो हुई, लेकिन उनकी उत्सुकता भी बढ़ गई। 1872 में उठाया गया प्रश्न आगामी जनगणनाओं में और भी अधिक प्रबल हो गया। 1881 और 1891 की जनगणना में दो विद्वान् जनगणना आयुक्तों क्रमशः प्लोडेन और जे.ए. बैनेस[3] ने इसी प्रश्न का अपनी-अपनी तरह से उत्तर ढूँढ़ने का प्रयास किया, पर वे अपने उत्तर से खुद ही असंतुष्ट रहे। बैनेस ने निष्कर्ष निकाला कि दूसरों (इसलाम/ईसाई) को अलग कर या हटाकर शेष को हिंदू माना जा सकता है। 1911 में बंगाल के जनगणना अधीक्षक ने पहले और वर्तमान, दोनों के विश्लेषणों और जमीनी यथार्थ को देखते हुए लिखा कि "सभी विश्लेषण अपूर्ण और बिना किसी निष्कर्ष के हैं। और इस प्रश्न (हिंदू क्या है ?) का कोई संतोषजनक उत्तर नहीं है।" 1921, 1931 और 1941 की जनगणनाओं की प्रांतीय और राष्ट्रीय रपटों में इस प्रश्न पर बहस चलती रही और सभी में हिंदुओं की विविधता और मानसिक एकता ने उन्हें उलझाए रखा। यह यूरोप का भारतीय यथार्थ के साथ जमीन पर साक्षात्कार था।

भारत की विविधता में स्थानीयता का महत्त्व है। स्थानीयता सिर्फ भूगोल या चौहद्दी नहीं होकर लोगों की अपने आप को परिभाषित करने की प्रक्रिया

है। जो लोग एकरूपता में जीते रहे हैं, वे इस प्रयोगधर्मिता को नहीं समझ सकते है। उन्हें इसमें पहचान की प्रतिद्वंद्विता नजर आती है, लेकिन हकीकत में सूक्ष्म सामाजिक जीवन आध्यात्मिक चेतना और संस्कृतियों का प्रवाह है, जो स्थूल सभ्यता की बुनियाद बनता है। इसी प्रवाह से एकरूपतावादी डरते हैं। इसलिए वे सांस्कृतिक चेतना को ही स्थानीयता से काटने में अपनी समृद्धि और सिद्धि मानते हैं। संस्कृति और विरासत पूजा पद्धतियों के अंतर को विरोधाभासी बनने नहीं देती है। इसके अनंत उदाहरण औपनिवेशिक काल में पाकिस्तान आंदोलन से पूर्व विद्यमान थे।

1921 की जनगणना रिपोर्ट में मद्रास में डुडेकला संप्रदाय[4] का उल्लेख है। इसकी संख्या 71,612 थी। उनका इसलाम में धर्म परिवर्तन हुआ था। पर वे हिंदू नाम रखते थे। वे मसजिद नहीं जाते थे और हिंदू देवता और मुसलिम संतों की आराधना करते थे। 1931 की जनगणना में मथिया और कुनबी[5] का उल्लेख मिलता है। उनका भी इसलाम में धर्म परिवर्तन हुआ था, लेकिन वे स्थानीयता से नहीं कट पाए। वे अथर्ववेद को मानते थे और मृतकों का दाह-संस्कार करते थे। विवाह में ब्राह्मणों से कर्मकांड कराते थे। 1911 की बंगाल जनगणना रिपोर्ट में ओ माल्ले ने लिखा कि धर्म परिवर्तन के बाद भी मुसलिम अपने घरों में काली की पूजा करते थे। इसी वर्ष की राष्ट्रीय जनगणना रिपोर्ट में मोलोनी ने नागौर की चर्चा की, जहाँ अल्लाह-भगवान् की मूर्ति के साथ जुलूस निकलता था और ऐसी यात्रा में शामिल होना हज के बराबर माना जाता था। कलकत्ता के एक काली मंदिर में ईसाई दर्शन के लिए जाते थे और चढ़ावा देते थे। उसे फिरंगी काली मंदिर[6] कहा जाता था। 1921 में आठ सौ पचास लोगों ने अपने आप को नास्तिक एवं स्वतंत्र मत वाला घोषित किया था। उन्हें अपने जीवन मूल्यों की अगाध स्वतंत्रता और समान सम्मान प्राप्त था। सिंध में कुवाचंद्र समुदाय[7] का धर्म परिवर्तन हुआ था, लेकिन उन्होंने हिंदू परंपराओं को नहीं छोड़ा था। विविधता पर स्थानीयता, सामुदायिकता और सांस्कृतिक चेतना का प्रभाव उसे सकारात्मक बना देता है। यहीं 'स्व' की उत्पत्ति होती है। इस देशज भाव को विदेशी समझ गए। वे हिंदुओं को

विविधता के आईने में देखते रहे और धार्मिक-अधिनायकवाद नहीं होने के कारण अपने लचीलेपन से दूसरे धर्मों को प्रभावित करने की अप्रतिम क्षमता का साक्षात्कार भी जनगणना के क्रम में यूरोप ने किया।

संसद में राजदंड (सेंगोल)[8] से लेकर अन्य सभी प्रतिमान/चित्रों का उल्लेख उसी सांस्कृतिक विविधता को रेखांकित करना है, जिसे आलोचक धर्म विशेष को स्थान दिया जाना मानते हैं। सांस्कृतिक और धार्मिक चेतना में बुनियादी फर्क होता है। संस्कृति का बोध संप्रदाय की पहचान को प्रतिक्रियावादी और संकीर्ण होने से बचाती है। यह सांस्कृतिक चेतना पाकिस्तान आंदोलन से पूर्व धर्म परिवर्तन के बाद भी विद्यमान था। संस्कृति साझा मन, साझा दृष्टि और साझी राष्ट्रीयता को जन्म देती है। नए संसद भवन ने उसे ही अभिव्यक्त किया है।

संदर्भ—

1. उपनिवेशवाद वह प्रक्रिया है, जिसमें एक शक्तिशाली देश दूसरे देश पर कब्जा कर उसके प्राकृतिक और मानव संसाधनों का शोषण करता है। इसका मुख्य उद्‌देश्य आर्थिक लाभ और राजनीतिक वर्चस्व को बढ़ाना होता है।
2. बंगाल में जनगणना के प्रभारी अधिकारी एच. बेवरले (H. Beverley) थे। वे ब्रिटिश शासन के दौरान बंगाल में 19वीं सदी के अंत में जनगणना के कार्यों की निगरानी और संचालन के लिए जिम्मेदार थे। वेभरले ने जनगणना डाटा का विस्तृत विश्लेषण और प्रलेखन किया, जिससे उस समय की सामाजिक और जनसांख्यिकीय संरचना को समझने में मदद मिली। उनके काम ने ब्रिटिश भारत में जनगणना के महत्त्व और प्रक्रिया को स्थापित करने में महत्त्वपूर्ण भूमिका निभाई।
3. ई.ए. गेट (E.A. Gait): गेट एक वरिष्ठ सिविल सेवक थे, जिन्होंने 1901 और 1911 की जनगणना में महत्त्वपूर्ण भूमिका निभाई थी। उन्होंने भारत में जनगणना की प्रक्रियाओं को व्यवस्थित और वैज्ञानिक तरीके से संचालित करने में मदद की थी। जे.जे. बैनेस (J.J. Baines): बैनेस ने 1891 की जनगणना का नेतृत्व किया। उनके कार्यकाल के दौरान, उन्होंने जनगणना

डाटा के संग्रहण और विश्लेषण के लिए उन्नत तकनीकों और विधियों का उपयोग किया, जिससे जनगणना की प्रक्रिया में सुधार हुआ।

4. डुडेकला संप्रदाय भारत के मध्य प्रदेश राज्य में पाया जाने वाला एक विशेष समुदाय है, जो मुख्य रूप से ग्वालियर और उसके आसपास के क्षेत्रों में निवास करता है। इस संप्रदाय का नाम 'डुडेकला' इसलिए पड़ा, क्योंकि यह समुदाय एक विशेष प्रकार की रस्म और पूजा पद्धति का पालन करता है, जिसमें पानी का महत्त्वपूर्ण स्थान है। डुडेकला समुदाय की परंपराएँ और रीति-रिवाज उनके दैनिक जीवन और सामाजिक संरचना में महत्त्वपूर्ण भूमिका निभाते हैं। वे मुख्यतः कृषि और पशुपालन पर निर्भर होते हैं और अपनी सांस्कृतिक विरासत को पीढ़ी-दर-पीढ़ी सँजोकर रखते हैं। सामाजिक और धार्मिक उत्सवों में इस समुदाय की सहभागिता अत्यंत महत्त्वपूर्ण होती है, जिससे उनके सामूहिक जीवन की झलक मिलती है।

5. मथिया और कुनबी दोनों ही भारतीय समाज के महत्त्वपूर्ण जातीय समूह हैं, जिनका प्रमुख निवास स्थान महाराष्ट्र और मध्य प्रदेश है। मथिया समुदाय आमतौर पर कृषि और मजदूरी से जुड़ा होता है और अपनी मेहनती और सरल जीवनशैली के लिए जाना जाता है। वे पारंपरिक रूप से खेतों में काम करते हैं और अपनी सांस्कृतिक धरोहर को सँजोए रखते हैं। दूसरी ओर, कुनबी समुदाय महाराष्ट्र के प्रमुख कृषि समुदायों में से एक है, जो मुख्य रूप से खेती और पशुपालन में संलग्न है। कुनबी अपने सामुदायिक जीवन, परंपराओं और त्योहारों के लिए प्रसिद्ध है। दोनों समुदायों की जीवनशैली, सामाजिक संरचना और सांस्कृतिक विरासत में गहरा संबंध और समानता है, जो भारतीय ग्रामीण जीवन की विविधता और समृद्धि को दरशाती है।

6. फिरंगी काली मंदिर भारत के पश्चिम बंगाल राज्य के हावड़ा जिले में स्थित एक प्रसिद्ध मंदिर है। यह मंदिर काली माता को समर्पित है और इसका नाम 'फिरंगी काली' इसलिए पड़ा, क्योंकि यहाँ काली माता की मूर्ति को एक अंग्रेज महिला द्वारा स्थापित किया गया था। यह मंदिर न केवल धार्मिक और आध्यात्मिक महत्त्व रखता है, बल्कि इसकी स्थापना की कहानी भी इसे विशेष बनाती है। हर साल, विशेष रूप से दुर्गा पूजा के दौरान, यहाँ बड़ी संख्या में भक्त आते हैं और माँ काली की पूजा-अर्चना करते हैं। इस मंदिर का सांस्कृतिक और ऐतिहासिक महत्त्व इसे क्षेत्र के प्रमुख धार्मिक स्थलों में शामिल करता है।

7. कुवाचंद्र समुदाय भारत के मध्य प्रदेश और छत्तीसगढ़ राज्यों में निवास करने वाला एक विशेष जनजातीय समूह है। यह समुदाय मुख्य रूप से आदिवासी परंपराओं और रीति-रिवाजों का पालन करता है। कुवाचंद्र समुदाय के लोग प्राचीन मान्यताओं, संस्कृति और जीवनशैली को सँजोकर रखते हैं। इनका मुख्य व्यवसाय कृषि और जंगलों से प्राप्त उत्पादों पर आधारित है। सामाजिक संरचना में ये लोग सामूहिकता और पारस्परिक सहयोग को महत्त्व देते हैं। त्योहारों और धार्मिक अनुष्ठानों में उनकी सक्रिय भागीदारी होती है, जो उनकी सांस्कृतिक धरोहर को जीवित रखती है। कुवाचंद्र समुदाय की जीवनशैली और परंपराएँ भारतीय आदिवासी समाज की विविधता और समृद्धि को दरशाती हैं।
8. राजदंड, जिसे 'सेंगोल' के नाम से भी जाना जाता है, एक प्राचीन तमिल परंपरा का प्रतीक है और यह न्याय, अधिकार और शक्ति का प्रतीक माना जाता है। 'सेंगोल' शब्द तमिल शब्द 'सेम्मई' से निकला है, जिसका अर्थ है 'न्याय' या 'सीधा रास्ता'। यह परंपरा चोल राजवंश से जुड़ी हुई है, जहाँ राजदंड का उपयोग राजा के अधिकार और शासन की वैधता को स्थापित करने के लिए किया जाता था। सेंगोल का महत्त्व आधुनिक भारतीय इतिहास में भी देखा गया, जब 1947 में भारत की स्वतंत्रता के समय, इसे तत्कालीन ब्रिटिश वायसराय लॉर्ड माउंटबेटन से सत्ता हस्तांतरण के प्रतीक के रूप में पंडित जवाहरलाल नेहरू को सौंपा गया था। यह घटना भारत की स्वतंत्रता और लोकतांत्रिक शासन की शुरुआत का प्रतीक बनी। सेंगोल का प्रतीकात्मक महत्त्व आज भी भारतीय संस्कृति और परंपराओं में गहरा निहित है, जो न्याय, सत्य और सही शासन के मूल्यों को प्रदर्शित करता है।

□

सनातन की अग्निपरीक्षा

चुनाव कई राजनेताओं के लिए ऊटपटाँग बोलने में उत्प्रेरक का काम करता है। ऐसा ही उदयनिधि स्टालिन[1] के साथ हुआ। सनातन धर्म के अनुयायियों की तुलना डेंगू-मलेरिया के मच्छरों से कर उन्हें समाप्त करने की बात कही। फिर इस पर जंग छिड़ना स्वाभाविक था। शब्दों की हिंसा दैहिक हिंसा से कई अर्थों में अधिक घातक होती है। बिना नपा-तुला बोला गया शब्द काल की सीमा को लाँघकर विचरण करता रहता है। उसका करण आसानी से नहीं होता है।

समकालीन भारतीय समाज ऊटपटाँगवादी विमर्श का शिकार है। एक सतही बयान किसी नेता को सुर्खियों में ले आता है और समाज व बुद्धिजीवी पक्ष-विपक्ष में बँटकर बौद्धिक व्यायाम शुरू कर देते हैं। ऐसा विमर्श न तो सुधार को आगे बढ़ाता है, न ही नवजागरण को जन्म देता है। परंतु यह सत्य है कि समाज सोते से जागता है। जैसा कि समाज सुधारक महादेव गोविंद रानाडे (1842-1901) ने कहा था, "इतिहास में भारतीयता पर हर हमला भारत को अनुशासित बनाता है और इसके चरित्र में विकास करता है।" स्टालिन के बयान पर गौर करने से पूर्व अब और रानाडे युग के बीच के अंतर को समझना आवश्यक है। तब विमर्श की शैली में 'स्व' का 'यथार्थ' से अनुभूति की बात केंद्र में होती थी। राजनेता या सुधारक विचारों को कर्म की ध्वनि से निर्मित करते थे। इसलिए हर राजनेता या सुधारक अपने आप में एक आंदोलन या संस्था की तरह होता था। महात्मा गांधी ने सविनय अवज्ञा आंदोलन के बाद

1932–33 में अस्पृश्यता के विरुद्ध अभियान चलाया था, जिसे 'हरिजन यात्रा' के नाम से जाना जाता है। वे बारह हजार मील चले। पुणे में लोकमान्य बाल गंगाधर तिलक और उनके मित्र आगरकर में राजनीति एवं समाज सुधार के बीच वरीयता देने को लेकर तीखा विमर्श हुआ, जो पठनीय है और आज भी मन, बुद्धि, विवेक को झकझोरता है। मदन मोहन मालवीय, राजगोपालाचारी[2], बाबा साहब आंबेडकर ऐसे अनेक नाम हैं, जो राजनीति में सक्रिय होते हुए अपने सामाजिक दृष्टिकोण के आधार पर भारत का भविष्य ढूँढ़ते थे। स्वाध्याय और समाज के यथार्थ के साथ साक्षात्कार उस काल की राजनीति की विशेषता थी। यह विचार, दलगत राजनीति, स्वार्थ सभी सीमाओं को गौण कर देता था। परंतु स्वतंत्रता के पश्चात् यह चरित्र विलुप्त होता गया। उसी का उदाहरण सनातन धर्म पर दिया गया प्रतिक्रियावादी बयान है। राष्ट्रीय स्वयंसेवक संघ के तृतीय सरसंघचालक बाला साहब देवरस[3] इसे सत्तावादी राजनीति का दुष्परिणाम कहते थे। स्टालिन के बयान के मकसद और उसका प्रतिकार राजनीतिक प्रक्रिया का अंश हैं, लेकिन सनातन पर हमला पहली बार नहीं हुआ है। सामाजिक बुराइयों के मार्फत सनातन धर्म को हीन, प्रगति-विरोधी, समानता-निषेध करने वाला साबित करने के सफल प्रयासों का दौर समय-समय पर चलता रहा है। भारत का विचार सनातन धर्म की बुनियाद पर है। यह चेतना को उस शिखर पर ले जाने का आदर्शवादी प्रयास है, जिसमें न सिर्फ मानव हित बल्कि जड़-चेतन के बीच संतुलन, संबंध और समानता स्थापित की जाती है। किसी भी दर्शन या धर्म में इस आदर्श को केंद्र तो दूर सतह पर भी नहीं रखा गया है। सनातन पीढ़ियों को जड़ता का शिकार नहीं बनाता। उसे संस्थाओं की जकड़न में नहीं बाँधता। राम और कृष्ण राजा भी थे, लेकिन आदर्श छोड़ गए। भगवान् बुद्ध संस्था से आगे विचारों को रखते रहे। पीढ़ियाँ उन आदर्शों, उदाहरणों एवं नायकों के आईने में अपनी संरचना स्वयं खड़ी करती रही हैं। सनातन में जड़ता नहीं है। उपनिषद् के दो शब्द 'नेति, नेति' भारतीय समाज के चरित्र को परिभाषित करते हैं। अर्थात् प्रतिकार को प्रगति के लिए परमावश्यक पथ माना गया है। इसलिए सनातन धर्म प्रकारांतर में

विकसित सामाजिक संरचनाओं, कर्मकांडों या सामाजिक गतिरोधों के विरुद्ध स्वर को स्वीकारता है। कोई भी समाज पूर्ण रूप से स्वस्थ नहीं होता। अमेरिकी समाज में श्वेत-अश्वेत और भूतकाल में दास प्रथा का प्रचलन अमेरिकी समाज में नस्लीय भेदभाव, रंगभेद आदि के उदाहरण विद्यमान हैं।

भारतीय समाज में प्रकारांतर में आई जातिवादी सोच, अस्पृश्यता एवं दूसरी बुराइयाँ सनातन धर्म पर आंतरिक हमले की तरह थीं, परंतु सनातन की प्रतिरोधक क्षमता ने इन्हें बुराइयाँ मानकर प्रहार किया। उदाहरण के रूप में 1921 की जनगणना ने समाज की आँखें खोल दीं। शून्य से एक वर्ष और एक से दो वर्ष की क्रमश: 597 और 494 बच्चियों को विधवा पाया गया। उम्र के साथ यह संख्या बढ़ती गई। इसके विरुद्ध स्वामी श्रद्धानंद[4] सहित धर्मगुरु, समाज सुधारक कूद गए। ईश्वरचंद विद्यासागर[5] और राधाकांत देव[6] के बीच विवाद हुआ। विद्यासागर विधवा विवाह के समर्थक थे, तो देव विरोधी। समाज ने विद्यासागर को स्वीकारा, देव को खारिज किया। भारतीय समाज ने किसी ऐसे दार्शनिक को महिमामंडित नहीं किया, जो भेदभाव को वैधानिकता देता है। पश्चिम में प्लेटो सम्मानित चिंतक है। वह दास प्रथा को समाज का आवश्यक, अभिन्न और स्वाभाविक हिस्सा मानता था। भारत में अस्पृश्यता को कुछ नासमझ लोगों ने धर्म का हिस्सा बताना शुरू किया, तो प्रगतिशील प्रवृत्तियों ने उसे ध्वस्त कर दिया। कर्नाटक के उडुपी में 1969 में धर्माचार्यों का सम्मेलन उल्लेखनीय है। एक मंच पर सभी हिंदू धर्माचार्य आए और अस्पृश्यता को धर्म विरोधी घोषित करते हुए इसे मिटाने का संकल्प लिया। इस सम्मेलन के पीछे राष्ट्रीय स्वयंसेवक संघ के द्वितीय सरसंघचालक श्री गोलवलकर (श्री गुरुजी)[7] थे। नासिक के जिस मंदिर में डॉ. आंबेडकर को प्रवेश करने से रोका गया था, 1912 में उसी मंदिर में पुरोहित के पोते ने दलितों को गर्भगृह में पूजा करने का अवसर देकर अतीत की घटना को कलंक बताया। देवरस ने 1974 में पुणे की वसंत व्याख्यानमाला में कहा था कि "अगर अस्पृश्यता गलत नहीं है तो कुछ भी गलत नहीं है।"

अस्पृश्यता या जातिवादी बोध अनंतकाल तक चलने वाला उपक्रम नहीं

हो सकता। समाज के भीतर सामंती सोच का अंत ही सनातन बोध को समृद्ध करना है। सनातन धर्म को हिंदू संस्कृति से अलग नहीं किया जा सकता। सनातन धर्म की अभिव्यक्ति हिंदू संस्कृति है। औपनिवेशिक काल में समाज के भीतर विद्यमान विरोधाभासों को आगे रखकर मिशनरियों एवं औपनिवेशिक प्रशासन दोनों का प्रहार होता था, जिसका उद्‌देश्य हिंदू समाज को क्षत-विक्षत कर देना था। लंदन में स्थित मुसलिम लीग के नेता ने सरकार को ज्ञापन देकर अनुसूचित जाति को हिंदू नहीं मानने का तर्क दिया था। वर्ष 1910 में राष्ट्रीय जनगणना आयुक्त ई.ए. गैट ने सर्कुलर निकाला, जिसमें एक प्रश्नावली थी। इसे भरने के बाद यह निर्णय होता कि कौन हिंदू है और कौन नहीं। लाला लाजपत राय[8] सहित सैकड़ों चिंतकों ने विरोध किया। सबसे कारगर विरोध कर्नल (सेवानिवृत्त) यू.एन. मुखर्जी[9] का था। उन्होंने एक पुस्तक लिखकर प्रतिकार किया। गैट को सर्कुलर वापस लेना पड़ा। मुखर्जी ने अपनी पहली पुस्तक 'हिंदू : ए डाइंग रेस' में हिंदू समाज को सचेत किया कि समाज के भीतर आर्थिक विषमता और सामाजिक असमानता बाह्य ताकतों को हिंदू धर्म पर हमला करने का अवसर देती है। समकालीन भारत में राजनीति का एक कोना हिंसात्मक, उत्तेजनात्मक और सतहीपन द्वारा अपनी प्रासंगिकता बनाकर रखना चाहता है। इसका निदान नवजागरण ही है। सुदृढ़ समाज गैट और स्टालिन जैसे नेताओं को हाशिए पर रखता है। यह तभी संभव है, जब समाज में सकारात्मक क्रियाशीलता का अनुपात अधिक हो। मोहन भागवत ने ठीक ही कुछ वर्ष पहले सामाजिक-बौद्धिक आलस्य को सबसे अधिक नुकसानदायक बताया था। सनातन धर्म की रक्षा और संवर्धन उसी आलस्य को त्यागने में है। यह एकमात्र धर्म है, जो प्रयोगधर्मिता और प्रगतिशीलता को जड़-चेतन के बीच एक्य और सद्‌भाव में देखता है।

संदर्भ—

1. उदयनिधि स्टालिन, तमिलनाडु के वर्तमान मुख्यमंत्री एम.के. स्टालिन के बेटे और ए.आई.ए.डी.एम.के. सरकार में उपमुख्यमंत्री हैं।

2. सी. राजगोपालाचारी (1878–1972) राजाजी के नाम से प्रसिद्ध थे। वे भारत के प्रथम गवर्नर जनरल बने।
3. मधुकर दत्तात्रेय देवरस (1915–1996) को बाला साहब देवरस के नाम से भी जाना जाता है। ये राष्ट्रीय स्वयंसेवक संघ के तीसरे सरसंघचालक (1973 से 1994) थे।
4. स्वामी श्रद्धानंद (1856–1926) आर्य समाज के प्रसिद्ध नेता थे। उन्होंने गुरुकुल काँगड़ी विश्वविद्यालय (1902) की स्थापना की थी।
5. ईश्वरचंद्र विद्यासागर (1820–1891) एक शिक्षाविद्, समाज सुधारक और लेखक थे। वे संस्कृत के विद्वान् थे। संस्कृत व्याकरण से संबंधित उनकी 'उपक्रमणिका' नामक पुस्तक उल्लेखनीय है। विद्यासागर ने समाज में कई महत्त्वपूर्ण सुधार किए, जिनमें विधवा पुनर्विवाह का समर्थन और बाल विवाह के खिलाफ आवाज उठाना शामिल है। उनके प्रयत्नों के परिणामस्वरूप 1856 में विधवा पुनर्विवाह अधिनियम पारित हुआ।
6. राधाकांत देव (1784–1867) एक समाज सुधारक एवं सांस्कृतिक राष्ट्रवादी विचारक थे। उन्होंने सनातन धर्म के संरक्षण हेतु महत्त्वपूर्ण योगदान दिया।
7. माधव सदाशिव गोलवलकर (1906–1973), जो गुरुजी के नाम से प्रसिद्ध हैं, राष्ट्रीय स्वयंसेवक संघ के दूसरे सरसंघचालक (1940–1973) थे।
8. लाला लाजपत राय (1865–1928) एक प्रसिद्ध स्वतंत्रता सेनानी थे। साइमन कमीशन (1928) के विरोध के दौरान घायल हुए, बाद में उनकी मृत्यु हो गई।
9. यू.एन. मुखर्जी (1868–1919) 'ए डाइंग रेस' (A Dying Race) नामक पुस्तक के लेखक थे, जिसे उन्होंने 1901 की जनगणना के आधार पर लिखा था।

□

हेडगेवार होने का अभिप्राय

कर्नाटक में सत्ता परिवर्तन के साथ इतिहास का पाठ्यक्रम भी बदल गया। राष्ट्रीय स्वयंसेवक संघ के संस्थापक केशव बलिराम हेडगेवार को पाठ्यक्रम से हटा दिया गया। इस बदलाव के पीछे का तर्क क्या है? कांग्रेस के एक बड़े नेता ने उन्हें 'कायर' कहकर इसका औचित्य साबित किया। किसी भी घटना या व्यक्ति के इतिहास का हिस्सा होने के पीछे कुछ वैशिष्ट्य होते हैं, जो उसे समकालीन घटनाओं या व्यक्तियों से अलग स्थापित करते हैं। आखिर हेडगेवार के व्यक्तित्व और कृतित्व में क्या था, जिसके कारण उनको पाठ्यक्रम में शामिल किया गया था? घटना 1921 की है। हेडगेवार पर 'देशद्रोह' का मुकदमा नागपुर के न्यायालय में चला। उन पर असहयोग आंदोलन के दौरान लोगों को साम्राज्यवादी सरकार के विरुद्ध भड़काने का आरोप था। उन्होंने अपनी वकालत स्वयं की। 31 मई, 1921 से 19 अगस्त, 1921 के बीच कुल ग्यारह दिनों तक जिरह हुई। 9 जुलाई को अंग्रेज न्यायाधीश मि. स्मेली[1] के सामने जो कहा गया, वह जमीन से जुड़े स्वतंत्रता सेनानियों के साहस और स्वप्रेरणा से त्याग करने की उत्कंठा के साथ-साथ हेडगेवार के वैश्विक दृष्टिकोण को रेखांकित करता है। उन्होंने कहा कि "हिंदुस्थान में आज जो कुछ भी है, वह पाशविक शक्ति द्वारा थोपा गया आतंक का साम्राज्य है। कानून उसका दास है और न्यायालय उसका खिलौना मात्र है।" आगे उन्होंने कहा कि "विश्व के किसी भी भाग में उसी शासन को रहने का अधिकार है, जो जनता द्वारा, जनता के लिए और जनता

की सरकार हो। इसके अतिरिक्त अन्य सभी प्रकार की शासन व्यवस्था राष्ट्रों का शोषण करने और धूर्त लोगों द्वारा धोखेबाजी का नमूना हैं।" इन पंक्तियों को व्याख्या की आवश्यकता नहीं है।

लगभग एक महीने के बाद 5 अगस्त, 1921 को न्यायालय में गरजते हुए उन्होंने अंग्रेज न्यायाधीश से कहा, "इंग्लैंड को परतंत्र कर उस पर राज करने की हमारी कोई इच्छा नहीं है, लेकिन हम अपने देश पर उसी प्रकार शासन करना चाहते हैं, जैसे ब्रिटेन के लोग ब्रिटेन पर, जर्मनी के लोग जर्मनी पर शासन करते हैं।" कांग्रेस ने पूर्ण स्वराज्य की घोषणा 1929 में की, पर हेडगेवार ने न्यायालय में आठ वर्ष पूर्व ही इसका उद्घोष कर दिया, "हमें पूर्ण स्वतंत्रता चाहिए और इस पर हम कोई समझौता नहीं कर सकते।" हर जिरह के दिन न्यायालय के भीतर और बाहर बड़ी संख्या में लोग रहते थे। उनकी दलील, जो साम्राज्यवाद पर सामने से सीधा और तीखा प्रहार होती थी, वह नागपुर के सबसे बड़े मराठी अखबार 'महाराष्ट्र' में प्रकाशित होती थी। भारत के इतिहास लेखन में कुलीनता, पूर्वाग्रह और आलस्य तीनों रहे हैं। हेडगेवार द्वारा अंग्रेजों को ललकारना असहयोग आंदोलन के वातावरण की उपज नहीं थी, बल्कि उनकी सोच, साहस और संकल्प का परिणाम था। 13 अगस्त, 1920 को महाराष्ट्र ने समाचार प्रकाशित किया कि हेडगेवार ने 1920 में नागपुर में हो रहे कांग्रेस अधिवेशन में विजय राघवा चारियर[2] को अध्यक्ष बनाने के प्रस्ताव का विरोध किया था। इसका कारण था, चारियर मद्रास के अंग्रेज गवर्नर की चाय पार्टी में सम्मिलित हुए थे। उनका साफ मत था कि जिनके अनुमोदन से देश के लोगों पर जुल्म हो रहा हो, वैसे लोगों के साथ सामाजिकता या मित्रता बलिदानियों का अपमान है। असहयोग आंदोलन में उन्हें एक वर्ष सश्रम कारावास की सजा हुई, जिसका समाचार 'महाराष्ट्र' ने 24 अगस्त और 'केसरी' ने 23 अगस्त को छापा था।

हेडगेवार ने 1919 में नागपुर नेशनल यूनियन की स्थापना की जिसने पूर्ण स्वतंत्रता का माँग-पत्र कांग्रेस के कलकत्ता में हुए विशेष अधिवेशन में भेजा था। वे स्वतंत्रता संग्राम में क्रांतिकारी आंदोलन से जुड़े थे। महाराष्ट्र के

रामपायली में 1908 में बम फेंकने और बाद में 'भड़काऊ भाषण' देने के आरोप में देशद्रोह का मुकदमा चला और गिरफ्तारी हुई थी।

क्या यह सच नई पीढ़ी को नहीं पढ़ाना चाहिए? हेडगेवार का व्यक्तित्व उन लोगों का प्रतिनिधित्व करता है, जो अभावग्रस्तता के बीच रहकर सर्वस्व न्योछावर आजादी के लिए करते रहे। स्वतंत्रता आंदोलन में कुलीनों और सामान्य लोगों की भूमिका समझने का अगर गंभीर प्रयास होता तो इतिहास की पुस्तकों का स्वरूप एकदम भिन्न होता। नेहरू युग में लिखा गया इतिहास नेतृत्व की न्यूनताओं, कुलीनता और बाध्यताओं को ढकने में लगा रहा। जो व्यवस्था बारह वर्षीय बाजी राउत[3] और तिलेश्वरी बरुआ[4] के सीने में गोली मारने में नहीं हिचकी थी, उसके शासकों—क्वीन विक्टोरिया और किंग जॉर्ज पंचम की प्रतिमाएँ देश की राजधानी में लगी रहीं और माउंटबेटन के साथ नेतृत्व सामाजिकता निभाने की निर्लज्जता दिखाता रहा और इतिहासकार साबित करने में लगे रहे कि ऐसे ही लोगों के चमत्कार से देश स्वतंत्र हुआ। असली इतिहास लिखा जाना बाकी है।

उनके जीवनकाल में दूसरा बड़ा संघर्ष सविनय अवज्ञा आंदोलन था। तब संघ की स्थापना हो चुकी थी और महाराष्ट्र सहित कई प्रांतों में इसका विस्तार हो चुका था। जुलाई 1930 में सत्याग्रह करते हुए उन्होंने गिरफ्तारी दी। उनके साथ संघ के स्वयंसेवक थे। यह क्रम जारी रहा। हेडगेवार साम्राज्यवाद विरोधी आंदोलन को वैचारिक-राजनीतिक मतभेद की बलि नहीं चढ़ाना चाहते थे। इसलिए उन्होंने संघ के झंडे, बैनर और नारे के साथ शामिल होने की जगह व्यक्तिगत तौर पर शामिल होने की अपील की। यह एक स्वस्थ परंपरा का उद्घाटन था। द्वितीय विश्वयुद्ध के समय जब संघर्ष का स्वर्णिम अवसर आया, तब वे अस्वस्थ हो चुके थे। बंगाल के प्रसिद्ध क्रांतिकारी त्रैलोक्यनाथ चक्रवर्ती[5] पूर्व क्रांतिकारियों को एकत्रित करने की मंशा से नागपुर उनके पास पहुँचे थे। नागपुर से प्रकाशित अखबार 'हितवाद' ने 23 जून, 1940 को सुभाषचंद्र बोस के संघ संस्थापक डॉ. हेडगेवार से मिलने आने का समाचार प्रकाशित किया, लेकिन तब उनके जीवन पर मृत्यु दस्तक दे रही

थी। न चक्रवर्ती, जिन्होंने 'जेल में तीस साल' पुस्तक लिखी, न ही बोस को संघ से परहेज था।

विचारों का अंतर उनके व्यक्तित्व को लघुता में नहीं ढाल पाया। मगर जो कांग्रेस का प्रभावी तबका था, वह लघुता से बाहर न तब निकल पाया, न ही अब। तभी तो कांग्रेस के दुबारा अध्यक्ष चुने जाने पर सुभाष बोस हजम नहीं हो पाए। गोखले के अखबार 'सर्वेंट ऑफ इंडिया' ने लिखा कि बोस तेज ज्वर के बावजूद त्रिपुरी अधिवेशन में आए, तब उनका अपमान करते हुए प्रतिनिधियों ने आरोप लगाया कि काँख में प्याज रखकर कृत्रिम बुखार सस्ती लोकप्रियता के लिए आमंत्रित कर रखा है। उनकी जाँच हुई, फिर वे मंच पर गए। तब भी इस्तीफे के लिए बाध्य किए गए। आजादी के बाद 2022 में उनकी प्रतिमा लग पाई।

राष्ट्र निर्माताओं का वैचारिक, राजनीतिक पक्ष के आधार पर आदर या अपमान ओछी राजनीतिक सोच और मानसिकता की उपज है। इसका उदाहरण जर्मनी का एकीकरण करने वाले बिस्मार्क के जीवन की घटना है। 30 जुलाई, 1898 को उसकी मृत्यु हुई। जर्मन चांसलर कैजर वेल्हेम-दो उन्हें नापसंद करते थे। उन्होंने बिस्मार्क की राजकीय अंत्येष्टि नहीं होने दी और उनकी मजार पर लिखवाया—'वेल्हेम-एक के प्रतिबद्ध सेवक'।

इतिहास की इसी विकृति ने कर्नाटक सरकार को हेडगेवार के चरित्र को पाठ्यक्रम से निकालने के लिए प्रेरित किया है। वे भूल रहे हैं कि पाठ्यक्रम से बाहर या हाशिए पर रहने के बावजूद बोस या हेडगेवार का पीढ़ियों पर प्रभाव बढ़ता गया और पुस्तकों में सचित्र महिमामंडन पाने वाले पुस्तक से बाहर बैसाखी के सहारे चलते रहे। इतिहास लेखन वर्तमान के संदर्भ में न होकर घटना, पात्रता और यथार्थ के आईने में होना चाहिए।

संदर्भ—

1. जस्टिस एम.ई. स्मेली एक ब्रिटिश न्यायाधीश था, जो भारत में अपने कार्यकाल के दौरान कुख्यात हुआ। उसने केशव बलिराम हेडगेवार के एक

मुकदमे की सुनवाई की थी, जिसमें हेडगेवार पर उसने देशद्रोह का आरोप लगाया था।

2. सी. विजय राघवा चरियार (1852-19430) भारतीय राष्ट्रीय कांग्रेस के अध्यक्ष (1920) बने।
3. बाजी राउत (1926-1938) ओडिशा के बाल स्वतंत्रता सेनानी थे। 12 साल की उम्र में ब्रिटिश पुलिस के खिलाफ लड़ते हुए वीरगति को प्राप्त हुए।
4. तिलेश्वरी बरुआ (1930-1942) भारतीय स्वतंत्रता संग्राम की सबसे कम उम्र की शहीद थीं, जो 12 वर्ष की आयु में 1942 के भारत छोड़ो आंदोलन के दौरान असम के धेकियाजुली में शहीद हुईं।
5. त्रैलोक्यनाथ चक्रवर्ती (1889-1970) एक क्रांतिकारी थे। उन्होंने अनुशीलन समिति के सदस्य के रूप में अंग्रेजी शासन के विरुद्ध संघर्ष किया और अपने जीवन के 30 साल जेल में बिताए। 'जेल में तीस साल' उनकी आत्मकथा है। स्वतंत्रता प्राप्ति के बाद वे राजनीतिक रूप से सक्रिय रहे और पूर्वी पाकिस्तान में विधानसभा के लिए चुने गए।

□

संघ और स्वतंत्रता संग्राम

सन् 1943 की घटना है। मद्रास में रेलवे कर्मचारी लक्ष्मीनारायण मूर्ति को नौकरी से निष्कासित कर दिया गया। एक अतिसामान्य कर्मचारी पर 'अनुशासनात्मक' काररवाई करने में रेलवे से अधिक गृह विभाग के सर्वोच्च अधिकारी शामिल थे। कारण था, मूर्ति के राष्ट्रीय स्वयंसेवक संघ के एक बड़े पदाधिकारी की आगामी गतिविधियों के बारे में भेजे गए पत्र का खुफिया विभाग द्वारा पकड़ा जाना। यह अकेली घटना नहीं है। दिल्ली में एक रेलवे कर्मचारी का संघ से संबंध का मुद्दा उठा और उसे कारण बताओ नोटिस दिया गया। पहले मामले में गृह विभाग के सचिव और दूसरे मामले में दिल्ली के मुख्य आयुक्त के आदेश से काररवाई की गई। दिसंबर 1943 में पंजाब सरकार ने फरमान जारी कर सरकारी कर्मचारियों की संघ में भागीदारी को प्रतिबंधित कर दिया। और पूरे देश में संघ के स्वयंसेवकों को चिह्नित कर काररवाई तेज हो गई। गृह विभाग के सचिव रिचर्ड टोटनहम ने लिखा था—'संघ एक राजनीतिक संगठन है और खाकसार की तुलना में (सरकार के विरुद्ध) इसमें बहुत अधिक क्षमता है।' सरकारी महकमे में संघ की उपस्थिति पर खुफिया विभाग ने रोचक टिप्पणी की थी, 'संघ के स्वयंसेवकों को चिह्नित करना कठिन कार्य है, क्योंकि प्रत्येक को छद्म नाम दिया जाता है। उदाहरण के लिए, पंजाब के दिलबाग राय सेठ,जो सरकारी कर्मचारी हैं और ओम प्रकाश वैद्य, जो सेना में हैं, वे कमशः प्रसन्नचित्त और विष्णु सहाय के नाम से संघ में जाने जाते हैं।' 1942 के भारत छोड़ो

आंदोलन के बाद से 'सत्ता के हस्तांतरण' तक संघ के स्वयंसेवकों के पत्रों को बीच में रोकना, सरकारी दफ्तरों, स्थानीय निकायों में कार्यरत ऐसे लोगों पर कठोर काररवाई करना साम्राज्यवादी दमन का हिस्सा बन गया था, जो साम्राज्यवादियों की परेशानी का कारण था। वे संघ को कांग्रेस आंदोलन, आजाद हिंद फौज और स्थानीय स्तरों पर साम्राज्यवाद विरोधी गतिविधियों—तीनों जगह पाते थे। उनके लिए कठिनाई का कारण था कि इन सब जगहों पर उनकी सक्रियता में संघ का झंडा, बैनर, नाम नहीं था। अतः संस्था पर काररवाई करने के लिए देश भर से संघ स्वयंसेवकों की साम्राज्यवाद विरोधी गतिविधियों के साक्ष्य एकत्रित किए गए। खुफिया विभाग की रपट में आशंका व्यक्त की गई थी कि आजाद हिंद फौज और संघ मिलकर किसी हिंसक क्रांतिकारी योजना को अंजाम दे सकते हैं।

सरकार ने 1940 में स्वयंसेवी संस्थाओं की सूची बनाई थी, जिसमें संघ को सबसे मजबूत स्वयंसेवी संस्था के रूप में दिखाया गया था। इसे कमजोर करने के लिए अगस्त 1940 में सरकार ने स्वयंसेवी संस्थाओं के शारीरिक कार्यक्रमों पर प्रतिबंध लगा दिया। 1938- 39 में संघ की गतिविधियों में तेजी आ गई थी। इसके प्रति युवाओं और राष्ट्रीय नेताओं का आकर्षण बढ़ने लगा था। दिल्ली में तीन दिनों के कार्यक्रम में विनायक दामोदर सावरकर, प्रो. राम सिंह और लाला ज्ञानचंद उपस्थित थे, तो महाराष्ट्र के चंदा में संघ कार्यक्रम में मराठी दैनिक 'केसरी' के संपादक जे.एस. करंदीकर[1], नागपुर में पंजाब के राष्ट्रवादी नेता गोकुलचंद नारंग[2] की उपस्थिति थी। कांग्रेस के वरिष्ठ नेता एन.वी. गाडगिल[3] ने संघ के कार्यक्रम की अध्यक्षता की। 4 अप्रैल, 1939 को 'केसरी' ने इसका विस्तृत विवरण प्रस्तुत किया। पुणे के संघचालक गोविंदराव प्रधान के 25 मार्च, 1939 के भाषण को खुफिया विभाग ने उद्धृत किया। इसमें उन्होंने ललकारते हुए कहा था कि 'जिन देशों की जनसंख्या मात्र 7-8 करोड़ है, उन देशों ने दुनिया का नक्शा बदल दिया है तो क्या 28 करोड़ हिंदू इस देश को स्वतंत्र नहीं कर सकते ?'

भारत छोड़ो आंदोलन में घुसकर हिंसा, तोड़-फोड़ और आक्रामकता

बढ़ाने का आरोप संघ पर था। अगस्त 1940 में लगाया गया प्रतिबंध संघ की शाखा को प्रभावित नहीं कर पाया। स्थान-स्थान पर संघ ने खुलकर उल्लंघन किया। केंद्र सरकार के दबाव की स्थानीय अधिकारियों ने यह कहकर उपेक्षा की थी कि कारवाई 'संघ को और सहानुभूति देगी और कानून-व्यवस्था पर काबू पाना कठिन होगा।' संघ में युवाओं की बढ़ती भागीदारी से कांग्रेस नेतृत्व भी अपने संगठन के संबंध में आत्मालोचन कर रहा था। अभिलेखागार की फाइलों में कांग्रेस के राष्ट्रीय अध्यक्ष सुभाषचंद्र बोस और महाराष्ट्र कांग्रेस अध्यक्ष शंकरराव देव[4] के बीच पत्राचार इसका गवाह है। बोस ने 30 अक्तूबर, 1938 को लिखे गए पत्र में संघ की युवाओं में बढ़ती लोकप्रियता का कारण जानना चाहा। देव ने 6 नवंबर को दो पृष्ठों का उत्तर भेजा था, जब बोस को 1939 में महात्मा गांधी के समर्थकों द्वारा त्रिपुरी अधिवेशन में कांग्रेस अध्यक्ष पद छोड़ने के लिए बाध्य कर दिया गया, तब वे 20 जून, 1940 को संघ संस्थापक डॉ. हेडगेवार से मिलने नागपुर गए थे। नागपुर से प्रकाशित अंग्रेजी दैनिक 'हितवाद' ने प्रमुखता से इस समाचार को प्रकाशित किया था।

ब्रिटिश साम्राज्य 1942 के आंदोलन को धीमा और कांग्रेस, मुसलिम लीग तथा साम्राज्यवादी सरकार के बीच बैठकों, समझौतों के दौर को द्वितीय विश्व युद्ध के दौरान प्रोत्साहित करने में लगा था। उसका भय चौहद्दी के बाहर आजाद हिंद फौज से और भीतर राष्ट्रीय स्वयंसेवक संघ से था। किसी हिंसक विद्रोह को सँभालना उसके लिए कठिन था। अंततः सरकार ने नए प्रतिबंध के आदेश द्वारा संघ को घेरना शुरू किया। 1945 में परेड और कैंप को रोकने के लिए आदेश जारी किया गया। गृह मंत्रालय की फाइलों में रोचक टिप्पणियाँ हैं। हालाँकि इस प्रतिबंध में संघ का नाम नहीं लिया गया था, पर लिखा गया था कि परेड और प्रशिक्षण शिविर संघ की खासियत है, अतः इसका सबसे अधिक प्रभाव संघ पर ही पड़ेगा। एक अधिकारी की टिप्पणी है—यह इसकी जड़ पर प्रहार है। संघ पर लगातार हो रही दमनकारी कारवाइयों का मुद्दा राष्ट्रवादी जमुनालाल मेहता ने आर.एम. मैक्सवेल, जो वायसराय की कार्यपालिका परिषद् का सदस्य था, के सामने उठाया।

मैक्सवेल ने काररवाई को साम्राज्यवाद के हित में उचित बताया। इससे पूर्व की पृष्ठभूमि ब्रिटिश राज के सामने थी। संघ ने सविनय अवज्ञा आंदोलन के दौरान महाराष्ट्र में महत्त्वपूर्ण भूमिका निभाई थी। बड़ी संख्या में स्वयंसेवकों की भागीदारी और सजा ने संघ के समर्थन-आधार को बढ़ाया था। संघ ने हिंदुओं को संगठित करते हुए साम्राज्यवाद विरोध को अपनी प्राथमिकता बनाकर रखा। इसने इसके और हिंदू महासभा के बीच दूरी बढ़ाने का काम किया। कांग्रेस आंदोलनों में सक्रियता महासभा को नागवार गुजरी थी। इसने इस भ्रम का भी अंत कर दिया कि संघ हिंदू महासभा के नेतृत्व के इशारे पर चलता है, जब पहली बार 1933 में सरकार ने स्थानीय निकायों के कर्मचारियों को संघ की गतिविधियों में भाग लेने से प्रतिबंधित किया, तब मध्य प्रांत और बरार की विधान परिषद में 7-8 मार्च, 1934 को दो दिनों की चर्चा संघ पर हुई थी और सरकार को परास्त होने की शर्मिंदगी का सामना करना पड़ा था।

स्वतंत्रता आंदोलन में संघ साम्राज्यवाद-विरोध में अपना स्वयं का मंच, झंडा, नेतृत्व खड़ा करने की जगह कांग्रेस और क्रांतिकारी दोनों ही आंदोलनों को सक्रिय सहयोग देता रहा। इसी कारण 'परेड एंड कैंप एक्ट' के तहत इसके कार्यालयों, स्वयंसेवकों के घरों और प्रशिक्षण शिविरों पर पुलिस काररवाई तेज कर दी गई थी। संघ की राष्ट्र, भारतीय सभ्यता और संस्कृति के प्रति अपनी मौलिक विचारधारा रही है, पर वैचारिक मतांतर में इसने साम्राज्यवाद विरोधी आंदोलन को कमजोर होने नहीं दिया। भारत के इतिहास लेखन पर जिस वैचारिक-राजनीतिक ताकतों का वर्चस्व रहा, वे तथ्य से तर्क गढ़ने की जगह तर्कों से तथ्य ढूँढ़ते रहे। इसने इतिहास को विचारधारा की प्रयोगशाला बना दिया। संघ की भूमिका का आकलन और इतिहास में उल्लेख ही स्वतंत्रता संग्राम के इतिहास को पूर्णता प्रदान करेगा।

संदर्भ—

1. जे.एस. करंदीकर (1875-1959) 'समर्थ', 'ग्रंथमाला' एवं 'केसरी' के संपादक थे। उन्होंने कौटिल्य के 'अर्थशास्त्र' का मराठी में अनुवाद किया।

2. गोकुलचंद नारंग (1878–1969) एक राष्ट्रवादी नेता, विद्वान् और लेखक थे। नारंग ने आर्य समाज के सदस्य के रूप में समाज सुधार के कार्यों में भी भाग लिया। उनकी प्रमुख कृतियों में 'ट्रांसफॉर्मेशन ऑफ सिखिज्म' शामिल है।
3. एन.वी. गाडगिल (1896–1966), जिन्हें काका साहब गाडगिल के नाम से भी जाना जाता है। वे भारत सरकार में मंत्री रहे, 'पथिक'(आत्मकथा), 'शुभशास्त्र,' 'वक्तृत्व शास्त्र' उनकी प्रमुख रचनाएँ हैं।
4. शंकरराव देव (1895–1974) भारतीय राष्ट्रीय कांग्रेस के महासचिव (1946–1950) थे।

□

आरएसएस : सौ साल बाद

किसी विचार या संगठन की स्वीकृति या अस्वीकृति का अनुपात उसकी सफलता का मापदंड नहीं होता है। उसके द्वारा मूल्यों का सृजन और उससे समाज-संस्कृति की उन्नति ही मूल्यांकन का सबसे कारगर पैमाना सभ्यता के इतिहास में रहा है। दुनिया के इतिहास में ऐसे अनेक पड़ाव रहे हैं, जब कोई विचार या संगठन बड़ी जनसंख्या का पर्याय और राज्य का आधार बन गया, लेकिन वह अंतत: आधिपत्यवाद साबित हुआ और कालांतर में आंतरिक विरोधाभासों और भौतिकता के बोझ से उसे पराभव का सामना करना पड़ा। अत: संगठन या विचार के सामने जो यक्ष प्रश्न सनातन रूप से विद्यमान है, वह है, मूल्यों और विचारों के बीच संतुलन। मूल्यों का ह्रास या विचारों में सृजनशीलता की क्षमता में गिरावट—दोनों से ही आंतरिक विरोधाभास का जन्म होता है। और संगठन या विचार बाह्य आलोचनाओं से नहीं, बल्कि अपनी प्रतिरोधक क्षमता में गिरावट से विसर्जित हो जाता है।

राष्ट्रीय स्वयंसेवक संघ के सौ साल का इतिहास इसे एक अलग स्थान देता है। ऐसा नहीं है कि विरोधाभासों का सामना इसे नहीं करना पड़ा, लेकिन उससे उबरने की क्षमता ने संगठन की बुनियाद को कमजोर होने नहीं दिया। 1925 में इसकी स्थापना नाम, नियमावली या नेतृत्व के आधार पर नहीं हुई। नामकरण के छह महीने बाद और औपचारिक नेतृत्व की घोषणा चार वर्षों के उपरांत हुई। शाखा की शुरुआत को महाराष्ट्र में प्रचलित व्यायामशाला की विविधता का अंग माना गया। संस्थापक डॉ. हेडगेवार के निकटस्थ लोगों में भी यही धारणा बनी। हिंदू महासभा इसमें अपनी कार्यशक्ति तलाश रहा

था। इसका पहला उपयुक्त मूल्यांकन 1929 में कांग्रेस के नेता तेजराम प्रताप ने व्यायामशाला के वार्षिक उद्‍घाटन भाषण में किया, “व्यायामशालाओं की स्थापना सिर्फ शारीरिक प्रशिक्षण देने के लिए हुई है। इसके पीछे कोई नैतिक या सैद्धांतिक पृष्ठभूमि नहीं है और इस आधार पर संघ व्यायामशालाओं से भिन्न है।” जाहिर है, भाषणों या प्रस्तावों द्वारा नहीं, बल्कि कर्म की ध्वनि से मात्र चार वर्षों में संघ ने अपनी अलग पहचान बना ली। यह वह काल था, जब हिंदुत्व के पास पुरोधाओं की कमी नहीं थी। सावरकर[1], बालकृष्ण मुंजे, भाई परमानंद[2], मदन मोहन मालवीय आदि प्रभावी और चर्चित नामों के बीच अचर्चित डॉ. हेगडेवार ने एक नए रास्ते की रचना की। प्रचार-प्रसार, पद, प्रतिद्वंद्विता के बीच वे एक प्रतिमान के रूप में उभरे। उन्होंने अपने आप को इससे दूर रखा। मंच और माला संघ संस्कृति का हिस्सा नहीं बना। अधिकांश भारतीय नैतिक ताकत के प्रति समर्पण का भाव रखते हैं। संघ इस स्वभाव का सहचर बन गया। जो जितना नैतिकता के निकट है और निज जीवन की नींव निर्माण के लिए समर्पित करता है, वही संघ की प्रथम पंक्ति का हिस्सा बनता रहा। यह एक ऐसी प्रक्रिया है, जो नियमावली या भाषणों से नहीं चली है। इसमें निरंतरता ही संघ को आंतरिक विरोधाभासों से लड़ने की प्रतिरोधक क्षमता देती है।

स्थापना काल से संघ ने प्रतिकूलताओं के बीच कार्य किया। ब्रिटिश साम्राज्यवाद ने इसके अस्तित्व को मिटाने के लिए कभी सरकारी कर्मचारियों की भागीदारी को प्रतिबंधित किया तो कभी शाखा-परेड तो कभी प्रशिक्षण शिविरों को गैर-कानूनी घोषित किया। परंतु संघ का विरोध नहीं रुका। मार्च 1934 में मध्य प्रांत की विधान परिषद् में संघ पर ‘हिंदू सांप्रदायिकता’, ‘फासीवादी’ होने के सरकार के आरोप को सदस्यों ने ध्वस्त कर दिया। जिन 14 सदस्यों ने बहस में हिस्सा लिया, वे विभिन्न सामाजिक-सांस्कृतिक पृष्ठभूमि के थे और उनमें एक भी स्वयंसेवक नहीं था। मुसलिम सदस्य रहमान से लेकर नागपुर विश्वविद्यालय के कुलपति मंगलमूर्ति सबने सरकारी लांछनों का प्रतिवाद किया। यह बहस समकालीन राजनीति में संघ-विमर्श पर एक समाधार है, जिसे पढ़ने में न वामपंथी और न ही नेहरूवादियों की रुचि है। यह भारतीय बौद्धिकता की विडंबना को भी दरशाता है।

संघ की दार्शनिक पृष्ठभूमि संस्कृति बताई जाती है। इस संदर्भ में इसका उचित मूल्यांकन आवश्यक है। गॉटफ्रीड वॉन हर्डर[3] (1744-1803) और (केशव बलिराम) हेडगेवार (1889-1940) दोनों ने सांस्कृतिक पक्ष को केंद्रबिंदु बनाया। पर दोनों में बुनियादी अंतर है। जर्मन चिंतक हर्डर ने भूतकाल की विरासत को वर्तमान के लिए पुनरुत्थान पर बल दिया। संस्कृति विरासत पर ठहर गई। वर्तमान के परिप्रेक्ष्य में उसकी परिभाषा तलाशी जाने लगी। इसने जातीय व नस्लीय पहचान एवं चेतना को जन्म दिया। जर्मनी तो राष्ट्रीय रूप से समृद्ध हुआ, पर सामाजिक उथल-पुथल राजनीतिक अधिनायकवाद, जिसे फासीवाद कहा गया, का कारण बना। हेडगेवार ने संस्कृति को नवनिर्माण का आधार बनाया। स्वयंसेवक स्थान, भाषा, विरासत से जुड़ने के बावजूद स्थानीयता, भाषाई या जातिगत रूढ़ता से ऊपर उठता है। अतः संघ ने संस्कृति के दायरे में सामाजिक, आर्थिक और आध्यात्मिक तीनों पक्षों को शामिल किया है। सामाजिक समानता के पक्ष इसे वनवासी कल्याण आश्रम, सेवा भारती के द्वारा आदिवासी और हाशिए के लोगों तक ले गया तो भारतीय मजदूर संघ आर्थिक विकेंद्रीकरण और न्याय का पक्षधर बना। इसलिए संघ को विदेशों में कार्य करने में इसकी सांस्कृतिक अवधारणा रुकावट नहीं बनी। गैर-हिंदू समाज के साथ संवाद, सहयोग और समरसता में यह असहजता महसूस नहीं करता। डॉ. हेडगेवार से डॉ. मोहन भागवत तक संस्कृति की प्रगतिशील परिभाषा समृद्ध होती रही। संघ कार्य के लिए 71 मराठी प्रचारक आरंभ में निकले एवं वे विविधता और विभिन्नता में समाकर संघ से समाज को जोड़ते रहे।

सौ साल की यात्रा में संघ ने मूल्यों का सृजन किया, जिसने औपनिवेशिक और मुगल शासनों द्वारा आरोपित मानसिकता को कमजोर किया है। इसी ने औपनिवेशिक और मुगल काल के पार भारत को देखने, समझने और उस इतिहास को समेटने का वातावरण एवं पात्रता का निर्माण किया है। हिंदू, हिंदुत्व, हिंदू संस्कृति आज द्वेषवादी ताकतों को अपने निकट आने के लिए प्रेरित और बाध्य दोनों कर रही है। भारत की आयु अब सांस्कृतिक-सभ्यताई

दायरे में देखी जाने लगी है। अगर संघ ने प्रतिकूलताओं से बचने या लोकप्रिय सिद्धांतकारों, नेताओं के कोपभाजन के भय से समझौता कर लिया होता, हिंदू महासभा या कांग्रेस का सहचर बन गया होता तो इन राष्ट्रीय उपलब्धियों से भारत वंचित रह जाता।

संघ की उपार्जित शक्ति का प्रभाव राजनीति में साफ परिलक्षित होता है। पहली बार भारतीय राज्य 2014 के बाद भारतीयता को समृद्ध करने का साधन बनी है। हिंदू समाज की न्यूनता जातीय, अस्पृश्यता, आर्थिक विषमता और भाषाई द्वंद्व के रूप में उग्र होती जा रही है। उसकी जटिलताओं को राजनीति से परे ही सुलझाया जा सकता है। संघ के सामने सौ साल बाद हिंदू गौरव को प्राप्त करने का सवाल है, जिसमें सामाजिक-आर्थिक प्रश्नों का ढेर देश के सामने है। संघ ने प्रतिकूलता में अपने आप को बचाया है। अब अनुकूलता में अपने आप को बचा रहा है। यही मंत्र संघ को अपराजेय और असीमितता का भाव प्रदान करता है। प्रतिकूलताओं और अनुकूलताओं के बीच से निकलकर समाजोन्नति का सनातन लक्ष्य ही इसकी संजीवनी है। यह मूल्यों और विचारों के संतुलन की परीक्षा है। जो बात 'मराठा' अखबार ने डॉ. हेडगेवार के निधन के बाद लिखी थी, "हेडगेवार का संघ तब भी मजबूती के साथ बढ़ रहा है।" वही बात आज अक्षरशः सत्य साबित हो रही है।

संदर्भ—

1. विनायक दामोदर सावरकर (1883-1966) हिंदू महासभा के अध्यक्ष (1937-1943) थे, 'द इंडियन वॉर ऑफ इंडिपेंडेंस 1857' नामक पुस्तक लिखी, 1899 में 'मित्र मेला' नामक संगठन का गठन किया।
2. भाई परमानंद (1876-1947) हिंदू सभा के नेता थे और गदर पार्टी के संस्थापकों में से एक थे। कारावास के दौरान उन्होंने 'फर्स्ट इंडियन रिवोल्ट' जैसी प्रसिद्ध पुस्तक लिखी।
3. जोहान गॉटफ्रीड वॉन हर्डर (1744-1830) एक जर्मन दार्शनिक और सांस्कृतिक राष्ट्रवादी था।

□

नए परिप्रेक्ष्य में संघ

राष्ट्रीय स्वयंसेवक संघ के सरसंघचालक मोहन भागवत का विजयादशमी भाषण[2] कई अर्थों में महत्त्वपूर्ण है। पहला, यह प्रचलित संवाद की संस्कृति, जो सतही हो चुकी है, उससे भिन्न है। समकालीन राष्ट्रीय जीवन में संवाद का स्तर सिर्फ भाषा ही नहीं, तथ्य और तर्क के स्तरों पर भी गिरता जा रहा है। राष्ट्रीय जीवन और संस्कृति से जुड़े गंभीर प्रश्नों को भी हलकेपन का शिकार होना पड़ रहा है। वे आरोप-प्रत्यारोप, व्यक्तिगत राग-द्वेष में अविचारित रह जाते हैं। भागवत का भाषण इन व्याधियों और न्यूनता से मुक्त है। इसमें राष्ट्रीय जीवन के सूक्ष्म और स्थूल—दोनों पक्षों को रखा गया है। आज की परिस्थिति में ऐसा भाषण अपवाद बन जाता है।

दूसरा, संघ का क्यों लगातार विस्तार हो रहा है, इसका भी उत्तर उनके भाषण में मिलता है। भागवत ने भाषण के अंत में इतिहास के चार नायकों[3]—महारानी दुर्गावती[4], स्वामी दयानंद सरस्वती[5], बिरसा मुंडा[6] एवं सत्संग अभियान के अनुकूल चंद्र ठाकुर[7] को लोगों की जीवंत स्मृति में लाने का काम किया है। ऐसा नहीं है कि भारत के लोग इन नायकों से अपरिचित हैं, पर उनका दर्शन और कर्तृत्व स्मृतिपटल में ओझल होता जा रहा है। ऐसे नायकों के विचार संघ के सामाजिक-सांस्कृतिक दर्शन से कितना नजदीक है, यह महत्त्व का विषय नहीं होता है। इतिहास के पन्नों में सिमटे पात्रों एवं घटनाओं को नई पीढ़ी के सामने सिर्फ पाठ्यपुस्तकों द्वारा नहीं लाया जा सकता है।

उसकी अपनी सीमाएँ होती हैं। देश में दूसरा कौन सामाजिक-राजनीतिक संगठन है, जिसकी रुचि इन बातों में है?

राष्ट्र के अतीत को वर्तमान से जोड़ना किसी जीवंत समाज का वैशिष्ट्य होना चाहिए। देश की सबसे पुरानी पार्टी कांग्रेस तो अपने ही संस्थापकों को भूल चुकी है। वामपंथी कुलीनों को मार्क्स, माओ के पुनर्पाठ से ही फुरसत नहीं है। विरासत को आत्मसात् करना संघ की ताकत बन गई है।

भाषण में षड्यंत्रकारी ताकतों, जिन्हें 'डीप स्टेट' कहा जाता है, को चुनौती के रूप में स्वीकार किया गया है। इसमें वे भी हैं, जो संविधान की भाषा और प्रावधानों का उपयोग कर संविधानेत्तर कार्य कर असंतोष को अराजकता में रूपांतरित करने का प्रयास कर रहे हैं।

दुर्भाग्य से भारतीय राजनीति का एक बड़ा वर्ग अपनी राजनीति की अनुकूलता के लिए उन ताकतों को वैधानिकता देता है। राष्ट्र की बुनियाद पर खतरे से लोकशक्ति द्वारा ही लड़ा जा सकता है। देश में गांधीवादी, अंबेडकरवादी सहित अनेक विचारों के लोग हैं, पर उन बातों पर उनकी चौंकाने वाली चुप्पी, अरुचि या आलस्य—तीनों दिखाई पड़ती हैं।

ऐसे तो पूरी दूनिया टेक्नोलॉजी विस्तार के कुछ दुष्परिणामों को जूझ रही है। भारत अपवाद नहीं है। उदाहरण के लिए पोर्नोग्राफी के चार प्लेटफॉर्म पर 2020 में प्रतिमाह 1,100 करोड़ लोग पहुँचे, जो तमाम सोशल मीडिया के प्लेटफॉर्मों से अधिक है। यह हमें कहाँ ले जाएगा? हमारी मानसिकता और आचरण पर क्या प्रभाव डालेगी, यह एक गंभीर सवाल है। संघ इस विषय पर अपनी बेचैनी दिखा रहा है। ऐसी बेचैनी व्यक्तिगत स्तर पर तो लोगों में है, पर संगठनों के स्तर पर नहीं है।

संघ का नाम आते ही 'अल्पसंख्यक' विरोध सामने आ जाता है। संघ-विरोधी ऐसी छवि गढ़ने में सफल हुए हैं। यह अल्पसंख्यक-बहुसंख्यक विभाजन लंबे समय से उथल-पुथल, मनमुटाव, संघर्ष और ईर्ष्या-द्वेष का कारण रहा है।

भागवत के भाषण में एक नई दृष्टि आई है। उन्होंने समुदायों के लोगों के बीच दोस्ती की बात कही है। यह विवादास्पद दुविधा से समाज को बाहर

निकालने का एक मंत्र है। अनेक संप्रदायों पूजा-पद्धतियों के देश में विविधता की जड़ हमारे स्वभाव में आ गया है। ये विविधताएँ संविधान सभा से नहीं, सांस्कृतिक चेतना से उपजती हैं। जिस समाज में ऐसा स्वभाव नहीं है, वहाँ न्यूनतम विविधता बनाए रखने के लिए भी संविधान के प्रावधानों और बहुमत वाले समुदाय के दया-भाव की जरूरत होती है।

लेकिन विविधता को अलगाव, जातीय, सांप्रदायिक, क्षेत्रीय प्रतिस्पर्धा में बदलने का भी प्रयास हो रहा है। विभिन्न समुदायों के लोगों का साथ रहना, परस्पर सहयोग करना, साझा प्रयास और साझी विरासत के प्रति समर्पण ही दोस्ती का आयाम है। यह परंपरागत सामुदायों के बीच संवाद से भिन्न है। ऐसा संवाद राष्ट्र को काल्पनिक रूप से विभाजित कर मोल-जोल को प्रोत्साहित करता है।

एक नए सांस्कृतिक अभियान के द्वारा सांप्रदायिक प्रवृत्तियों को समाप्त करने की आवश्यकता है। यह कार्य दुष्कर इसलिए है कि वोट-बैंक की राजनीति देश में मानसिक विभाजन को निरंतर बढ़ा रही है। साझा आर्थिक गतिविधियों के प्रभावित होने का खतरा भी उत्पन्न हो रहा है। किसे लाभ होगा, किसे हानि होगी, यह अंकगणित सत्तावादी राजनीति का हिस्सा है। विपक्ष का बड़ा वर्ग अल्पसंख्यकवाद को अपना दर्शन मानता है, पर उसका प्रतिकार 'हिंदू खतरे में है' का नारा भी अनुचित है। स्वतंत्रता पूर्व महासभा का यही स्वभाव था। राष्ट्रीय जीवन को अखंडित रूप में देखना अब चुनौती नहीं बननी चाहिए। समाज को स्व-विवेक से खड़ा होना होगा। अगर ऐसा नहीं होता है तो स्थिति बिगड़ने में देर नहीं लगती है। एक-दूसरे के पर्व-त्योहारों, घर-दलानों पर व्यापक तौर से पहुँचना ही उसका आयाम है।

भागवत के भाषण का यह पक्ष कुछ लोगों एवं समुदायों के लिए दुविधा का कारण बन सकता है, पर वे कुछ लोग राष्ट्र के भाग्य निर्माता नहीं हैं। व्यक्ति, समुदाय, पूजा-पद्धतियाँ, परंपराएँ, आती-जाती रहती हैं, पर राष्ट्र की आयु असीमित होती है।

संघ ने इससे अपने आपको जोड़ा है। इसलिए इसके पास जितनी जिम्मेदारी 25 लोगों के साथ 1925 में स्थापना के समय थी, उससे कई गुना अधिक चुनौती 25 करोड़ लोगों के समर्थन के बाद सौवें वर्ष में है। ऐसी जिम्मेदारी की भावना ही संघ को विभाजन, आंतरिक सत्ता प्रतिस्पर्धा और निराशावाद से बचाया है। आधुनिक दुनिया में यह अपवाद की तरह है। रूस में बोल्शेविक पार्टी[8] बनी थी, जो बाद में सोवियत संघ की कम्युनिस्ट पार्टी कहलाई। इसके वैचारिक रूप से संकल्पित बुद्धिजीवी नेता—लेनिन, मारटोव, ट्राटस्की और प्लेखानोव एक साथ नहीं रह पाए, बिखरे और एक-दूसरे के प्रतिस्पर्धी, आलोचक बन गए। अब समय आ गया है, जब संघ के आलोचकों को अपना फलक बदलना होगा। आलोचना करने के लिए काल्पनिक और कृत्रिम आलोचना ने उन्हें अविश्वसनीय और हलका बना दिया है। ऐसा नहीं करने से वे विध्वंसात्मकता के पैरोकार बने रहेंगे। नुकसान संघ को कम, राष्ट्रीय जीवन को अधिक होगा। ऐसे ही विभाजन के कारण पंथनिरपेक्षता की जननी भारत को अपनी पंथनिरपेक्षता साबित करने के लिए बार-बार 'अग्नि परीक्षा' देना पड़ती है।

संदर्भ—

1. 12 अक्तूबर, 2024, नागपुर।
2. राष्ट्रीय स्वयंसेवक संघ महारानी दुर्गावती की 500वीं, स्वामी दयानंद की 200वीं, बिरसा मुंडा की 175वीं और ठाकुर अनुकूलचंद्र द्वारा स्थापित सत्संग आंदोलन की 60वीं जयंती मना रहा है।
3. महारानी दुर्गावती (1524-1564) गोंडवाना की रानी (1550-64) थीं। मुगलों के आक्रमण से गोंडवाना की रक्षा का श्रेय उन्हें जाता है।
4. स्वामी दयानंद सरस्वती (1824-1883) समाज-सुधारक थे। 1875 में उन्होंने 'आर्य समाज' की स्थापना की। 'सत्यार्थ प्रकाश' उनकी प्रसिद्ध रचना है।
5. बिरसा मुंडा (1875-1900) झारखंड के प्रसिद्ध शहीद स्वतंत्रता सेनानी थे और उन्होंने औपनिवेशिक शासन के खिलाफ वीरतापूर्ण संघर्ष किया। वे आदिवासी अस्मिता के प्रतीक हैं।

6. अनुकूलचंद्र ठाकुर (1888–1969) होमियोपैथिक चिकित्सक थे। वे शीर्ष आध्यात्मिक गुरु थे, जिन्होंने 'सत्संग आंदोलन' की स्थापना की।
7. 'बोल्शेविक पार्टी' की स्थापना रूस में जारशाही समाप्त कर सामाजिक लोकतंत्र (SOCIAL DEMOCRACY) लाने के लिए हुई थी। 1917 में जो क्रांति हुई थी, जिसके कारण रूस में कम्युनिस्ट शासन स्थापित हुआ, उसका नेत्रित्व बोल्शेविक पार्टी ने ही किया था।

□

इतिहास पुरुषों की अव्यक्त पीड़ा

समकालीन समाज में बुद्धिजीवियों की भूमिका विवादास्पद बनती जा रही है। चाहे भारत हो, यूरोप या लैटिन अमेरिकी देश, बुद्धिजीवियों को अपनी स्वीकार्यता के संकट से गुजरना पड़ रहा है। इसका एक बड़ा कारण है, उनमें मौलिकता और खुलेपन का ह्रास। वे व्यवस्था के बीच समर्थन या विरोध का कोल्हू चलाते हैं। स्वाभाविक ही उनकी रचनाओं में विवेक और चेतना को जागृत करने की क्षमता का ह्रास हुआ है। बुद्धिजीवियों के बीच विभाजन सिर्फ वैचारिक आधार पर नहीं, सांप्रदायिक, नस्ल, रंग और जातीय आधारों पर है। इसका परिणाम दुःखद है। बुद्धिजीवियों के बीच परस्पर सम्मान और सामाजिकता का अंत होना है। इसने विमर्श के प्रगतिशील विकास की प्रक्रिया को क्षति पहुँचाई है। वास्तव में असहिष्णुता ने विचारों की दुनिया को ग्रसने का काम किया है। जब-जब बौद्धिक जगत् ने सहिष्णुता और परस्पर सम्मान के साथ तर्क किया है, बौद्धिक संपदा की उपयोगिता बढ़ी है।

अमेरिका में बौद्धिक जगत् राजनीति को लेकर पूरी तरह विभाजित है तो ब्रिटेन में बौद्धिकों के बीच अघोषित तनाव है। जब यथार्थ को पढ़ने की क्षमता में कमी आती है, तब बुद्धिजीवियों को राजनीतिक संरक्षण की आवश्यकता महसूस होने लगती है। भारत के बौद्धिक जगत् में राजनीति से कहीं अधिक ध्रुवीकरण है। एक बड़ा वर्ग तो सीधे तौर पर राजनीतिक प्रचार-प्रसार का हिस्सा है। इससे उनके बीच कटुता बढ़ी है। अपने-अपने घरौंदे से तर्क और कुछ हद तक तथ्य भी सृजित किए जाते हैं। वामपंथी बुद्धिजीवियों ने

राष्ट्रवादी सोच के लोगों को बौद्धिक स्थान के लिए अनुपयुक्त मानकर उन्हें खारिज किया था। यह प्रक्रिया लंबे समय तक चलती रही। इसका परिणाम हुआ कि भारत के बौद्धिक वर्ग ने राजनीति को कम और राजनीति से अधिक प्रभावित हुआ है। इसका पहला असर इतिहास लेखन पर हुआ और बाद में साहित्य और समाजशास्त्र भी विचारों की जंग का शिकार हुए। किसी समाज के बौद्धिक जीवन में यह स्थिति नई पीढ़ी को भ्रमित करती है और वह स्वयं को इस दुनिया से अलग रखने में अपना भला महसूस करती है। यह अत्यंत खतरनाक अवस्था को जन्म देता है। यही वर्ग राजनीतिक निर्णय और बोध की अनिश्चितता से गुजरता है। इस नकारात्मकता के बीच ऐसे उदाहरण भी हैं,जो भले अपवाद हों, पर उनकी प्रभाव डालने की क्षमता असीम है। लैटिन अमेरिका के दो बुद्धिजीवी गार्सिया मार्केज और आक्तावियो पाज क्रमशः मार्क्सवादी और दक्षिणपंथी थे। मार्खेज क्यूबा के शासक फिदेल कास्त्रो के प्रशंसक थे तो पाज आलोचक। दोनों सात किलोमीटर की दूरी पर रहते थे। दोनों कभी मिले नहीं। पर दोनों एक-दूसरे का सम्मान करते थे और एक-दूसरे के प्रशंसक थे। यह संस्कृति लैटिन अमेरिका में विद्यमान रही, तभी सभी प्रकार की राजनीतिक उथल-पुथल के बावजूद बुद्धिजीवियों की क्षमता बनी रही। भारत की बौद्धिक परंपरा में त्याग और सृजनशीलता दोनों विद्यमान रही है। वे भविष्य के रचनाकार रहे हैं। तभी तो व्यक्तिगत पीड़ा को बिना उफ किए पीते रहे और अपनी रचनाधर्मिता को प्रभावित होने नहीं दिया। प्राचीन और मध्यकाल की बात छोड़ दें तो आधुनिक काल में भी यह प्रवृत्ति प्रबल रही है। लोकमान्य बाल गंगाधर तिलक एक चिंतक और सक्रिय बुद्धिजीवी थे। उनकी कलम की ताकत के पीछे उनकी राष्ट्रीय प्रतिबद्धता थी। 1903 की घटना है, जब ब्रिटिश राज और भारत के देशी राजाओं (होल्कर) के बीच समझौता हुआ था। तिलक पूरी तैयारी के साथ राष्ट्रविरोधी समझौते के खिलाफ संपादकीय लिख रहे थे, तभी उनके ज्येष्ठ पुत्र विश्वनाथ का निधन हो गया। मगर पुत्र की मृत्यु से अविचलित रहते हुए तिलक ने संपादकीय पूरा करवाया।

रवींद्रनाथ ठाकुर भी विकट स्थितियों के बावजूद संतुलित भाव से रचनाधर्मिता निभाते रहे। माता-पिता के अलावा पत्नी, पुत्र, पुत्री और भाभी की एक के बाद एक मृत्यु होती रही, पर वे व्यक्तिगत दुःख को पीकर साहित्य को सँवारते रहे। उन्होंने दार्शनिक भाव से लिखा कि मृत्यु उनके लिए मेहमान की तरह हो गई थी, जो आती और चली जाती थी। ऐसी ही विकट परिस्थितियों का सामना बाबा साहेब आंबेडकर ने किया था। उन्होंने अपनी चार संतानों, जिनमें तीन बेटे और एक बेटी थी, को खो दिया था। मगर उन्होंने समाज सुधार के अपने लक्ष्य और संविधान निर्माण में अपने योगदान को व्यक्तिगत जीवन की घड़ी से तनिक भी प्रभावित होने नहीं दिया।

बुद्धिजीवियों में जब स्वयं के लिए अपेक्षा नहीं रहती, तब वे विवशता में नहीं जीते। वर्तमान से अधिक भविष्य को सँवारते हैं। उनकी लेखनी को उनकी सामाजिक-आर्थिक पृष्ठभूमि और आचरण मजबूत बना देते है। आज इसी वैशिष्ट्य की कमी दिखाई पड़ रही है। इस कमी ने बुद्धिजीवियों को परिवर्तन के मिशन से अलग कर दिया है। उनकी भीरुता को भी घटाया है।

ऐसे अनेक उदाहरण हैं, जब चिंतकों और दार्शनिकों ने अपनी भौतिक विपन्नता को सहर्ष अंगीकार किया। पर उनके चिंतन में उत्कृष्टता अतुलनीय रही है। स्वतंत्रता आंदोलन के दौरान बिपिन चंद्र पाल श्रेष्ठतम चिंतकों में से एक थे। उन्होंने तब स्वतंत्रता आंदोलन को ताकत दी थी और आज भी उनका लेखन राष्ट्रीय और सभ्यताई चेतना को समृद्ध करता है। मगर पाल के जीवन का यथार्थ उनकी मृत्यु के बाद पता चला। अंग्रेजी अखबार 'द स्टेट्समैन'[1] ने 22 मई, 1932 को उन पर अपने संपादकीय 'लोकतंत्र की कृतघ्नता' में उन राष्ट्रवादी अखबारों और लोगों को उलाहना दिया कि "तब वे कहाँ थे, जब इस ईमानदार राष्ट्रवादी के पास जीवन जीने का कोई साधन नहीं था।" अखबार ने लिखा कि इस बात को जानते हुए भी कि वे साम्राज्यवाद विरोधी हैं और अखबार का संपादक और मालिक यूरोपियन है, हमने एक ईमानदार राष्ट्रवादी को अपने अखबार में स्तंभ लेखन दिया। उसने अंत में लिखा कि 'हमारी फाइल में अनेक ऐसे पत्र पड़े हुए हैं, जो

साबित करते हैं कि भारत के इस योग्यतम राष्ट्रवादी के पास जीवन जीने का दूसरा वैकल्पिक साधन नहीं था।

भारत की नई पीढ़ी को प्रभावित करने वाले स्वामी विवेकानंद के जीवन में पीड़ादायक क्षणों की कमी नहीं थी। पर उनका कर्मयोग उनसे अप्रभावित था। विवेकानंद ने विदेशों में अपने भाषणों से हजारों डॉलर और पौंड अर्जित कर भारत में दरिद्रनारायण के लिए भेजा, पर स्वयं वे कंगाली की हालत में थे। इसका प्रमाण खेत्री के राजा अजीत सिंह[2] को लिखा उनका पत्र है। दोनों मित्र थे और अजीत सिंह विवेकानंद में असीम श्रद्धा रखते थे। उन्होंने दो अलग-अलग पत्रों में राजा से अपनी माँ के लिए रहने लायक एक घर बनाने और उन्हें सौ रुपए प्रतिमाह देने का आग्रह किया था। उन्होंने लिखा था कि उनकी माँ अत्यंत प्रतिकूल परिस्थितियों में रह रही हैं।

बौद्धिकता सिर्फ स्वाध्याय और सृजन नहीं है, उसमें आचरण की पवित्रता और लक्ष्य की शुद्धता होना आवश्यक है। यही बुद्धिजीवियों को ताकत देती और उनकी कृतियों को दीर्घकालिकता प्रदान करती है। भारत में शास्त्रार्थ की परंपरा सहिष्णुता पर आधारित विपरीत मतों के बीच प्रतिद्वंद्विता थी। उसमें सामाजिकता का भाव लुप्त नहीं होता था। वर्तमान संकट का निदान अपनी विरासत में झाँकने और उन प्रवृत्तियों को जीवित करने में है, जो चिंतकों को स्वायत्त और साहसी बनाती है। इसके अभाव में बुद्धिजीवी कलम के सिपाही के बजाय कलम का क्रेता-विक्रेता बनकर रह जाता है। समाज के लिए मजबूत बौद्धिक जगत् की आवश्यकता सभी युगों में बनी रहती है। बुद्धिजीवी पर ही इस वातावरण के निर्माण और परिणाम दोनों बनाने की चुनौती है।

संदर्भ—

1. 'द स्टेट्समैन' एक प्रमुख भारतीय अंग्रेजी भाषा का दैनिक समाचार-पत्र है, जिसकी स्थापना 1875 में हुई थी। यह कोलकाता में स्थित है और इसे भारत के सबसे पुराने और समाचार-पत्रों में से एक माना जाता है।

2. राजा अजीत सिंह (1679–1724) मारवाड़ (जोधपुर) के एक प्रमुख शासक थे, जिन्होंने 17वीं और 18वीं सदी के दौरान राजपूताने में महत्त्वपूर्ण भूमिका निभाई। वे महाराजा जसवंत सिंह के पुत्र थे और उन्होंने 1707 में औरंगजेब की मृत्यु के बाद मारवाड़ की गद्दी सँभाली। अजीत सिंह ने मुगल साम्राज्य के खिलाफ राजपूत एकता का नेतृत्व किया और अपने राज्य की स्वतंत्रता को बनाए रखने के लिए कई युद्ध लड़े।

□

वैचारिक अस्पृश्यता

राष्ट्रीय स्वयंसेवक संघ या किसी भी विचार से असहमति रखना स्वाभाविक है। पर जब यह संवाद की प्रक्रिया और सामाजिकता के भाव को कुचलने का कारण बनता है तब यह हमारे आचरण और बौद्धिकता के ह्रास का कारण बन जाता है। संघ का विरोध 1930 और 1970 के दशक में भी था और आज भी है, लेकिन विरोध के स्वर में फर्क है। तब असहमति रखनेवाले तर्क और तथ्य से सुसज्जित होते थे। समझने और समझाने का भाव छिपा होता था। अब विरोध के लिए मानसिक श्रम की आवश्यकता नहीं है। सस्ते में सबकुछ हो जाता है। यही आरोपवादी संस्कृति है।

सरकारी कर्मचारियों/अधिकारियों को संघ में सम्मिलित होने से रोकने का नियम संघ के प्रति साम्राज्यवादी दृष्टिकोण का परिणाम है। वे इसे राजनीतिक और सांप्रदायिक मानते थे। इसका कारण संघ की सविनय अवज्ञा आंदोलन (1930) में भागीदारी उपनिवेशवादियों को नापसंद थी। सरकारी कर्मचारियों को संघ की गतिविधियों में शामिल होने पर प्रतिबंध लगा दिया। यह प्रश्न मध्य प्रांत के विधान परिषद् में उठा। 3 मार्च, 1934 को सदस्यों ने सरकारी पक्ष से सांप्रदायिकता का अर्थ जानना चाहा। घंटों लग गए। सदस्य संतुष्ट नहीं हुए। जो भी हो, सदन में सदस्यों की गंभीरता और उच्च बौद्धिक स्तर उभरकर सामने आया। 7 और 8 मार्च को सरकारी आदेश के खिलाफ वी.डी. कोलते के सामान्य बजट पर एक रुपए के कटौती प्रस्ताव पर बहस में नागपुर विश्वविद्यालय के प्रतिनिधि डॉ. मंगलमूर्ति से लेकर

एम.एस. रहमान सहित चौदह सदस्यों ने हिस्सा लिया। सभी आदेश के विरोध में थे। अंततः सरकार को निर्णय वापस लेना पड़ा। नब्बे साल बाद यही प्रश्न उभरकर सामने आया, सरकारी कर्मचारियों का संघ में भागीदारी पर प्रतिबंध को हटा लिया गया तो भारतीय जनता पार्टी की सरकार पर नौकरशाही को कमजोर करने का आरोप लगा। समकालीन राजनीति की विडंबना है कि हम साथ रहकर भी साथ नहीं रहते, जिस विचार का विरोध करते हैं, उसे तनिक भी समझने की रुचि नहीं रखते। सबकुछ चित या पट की तरह देखते हैं।

संघ की ताकत संख्या में नहीं, विचारधारा में है। तभी सौ वर्षों में इसका आकर्षण दिनोंदिन बढ़ता जा रहा है। इसलिए इसके विरोधी जिन चुनिंदा शब्दों, सांप्रदायिक, राजनीतिक, फासीवादी, द्वारा इसपर आरोप लगते रहे, वे आज स्वयं अस्तित्व के संकट से जूझ रहे हैं। पिछली तीन-चार पीढ़ियों ने जब से होश सँभाला है, तब से उन्हें इन्हीं शब्दों के द्वारा संघ से परिचय कराया जाता रहा है। यह बौद्धिक क्षरण का सूचक है। फिर भी पहले विरोध और समर्थन के पीछे अनुभव, अध्ययन, चिंतन रहता था।

3 जुलाई, 1968 को संघ पर राज्यसभा में बहस हुई। एस.के. वैशम्पायन ने संघ के एक प्रस्ताव को राजनीतिक बताते हुए इसके सांस्कृतिक रहने की वचनबद्धता का उल्लंघन बताया। तत्कालीन गृहमंत्री वाई.बी. चव्हाण सहित आधे दर्जन सदस्यों ने अपने-अपने तर्क रखे। बहस का अंत चव्हाण और संघ विचारक दत्तोपंत ठेंगड़ी के बीच सौम्य पर गंभीर विचारों के आदान-प्रदान से हुआ। गुजरात के कच्छ पर, भारत और पाकिस्तान, अधिकार को लेकर ब्रिटेन की मध्यस्थता में वहाँ के ट्रिब्यूनल का फैसला आया जिसे 'कच्छ अवार्ड[1]' के नाम से जानते हैं। संघ ने इसका विरोध किया था। चव्हाण ने ठेंगड़ी से पूछा, "दिल पर हाथ रखकर कहिए कि कच्छ पर प्रस्ताव सांस्कृतिक है?" ठेंगड़ी ने उलटकर पूछा, "क्या राष्ट्रीय एकता और अखंडता की बात करना राजनीतिक है? राष्ट्रवादी संगठन संघ द्वारा कच्छ पर प्रस्ताव कैसे राजनीतिक है? न चव्हाण के पास जवाब था, न ही कम्युनिस्ट भूपेश गुप्ता कुछ बोल

पाए। चव्हाण ने बहस का अंत किया, "यह दार्शनिक सवाल है। इसपर कभी अलग से बात करेंगे।"

संघ को राजनीतिक माननेवाले भारतीय जनसंघ और भाजपा के साथ संबंधों को प्रमाण के रूप में रखते हैं। वे भूल जाते हैं कि संबंध में वैचारिक पक्ष है। राजनीति में सांस्कृतिक राष्ट्रवाद को स्वर देनेवाली दूसरी कोई पार्टी नहीं है, अतः यह संबंध नैसर्गिक है। संघ संस्कृति को राष्ट्रीय चेतना के विकास में देखता है। यही संघ को समाज के सभी क्षेत्रों तक ले गया। ऐसे में आर्थिक और राजनीतिक प्रश्न अछूते नहीं रह सकते हैं। संघ भारत के जिस विचार को लेकर चल रहा है जिस प्रकार कार्य करता है, उसका जमीन पर अनुभव राष्ट्रीय नेताओं के अनुभव से भिन्न है। तभी तो आदिवासियों, मजदूरों और वंचित लोगों में कार्य का नक्सली भी विरोध नहीं कर पाते हैं, सामान्य राजनीतिक कार्यकर्ता की बात तो दूर, विरोध की अमरबेल राजनीतिक स्वार्थ से उपजती है। यही प्रतिबंध 1977 में जब हटाया गया तब आज विरोध करनेवाले कांग्रेस के अधिकांश सहयोगी दल मौन व्रत में थे, सांस्कृतिक संगठन में राजनीति और अर्थनीति को प्रभावित करने की क्षमता होती है, चुनौती सिर्फ राजनीति की छाया से उपजनेवाली न्यूनताओं से बचने की होती है। वोट बैंक का लोभ दलों को उनकी अपनी स्वेच्छा से संघ पर नासमझ बनाए रखता है। जाहिर है, ऐसे में संवाद स्थगित रहता है और विचार प्रणाली कमजोर होती जाती है। आज वे इस बात को नकार नहीं सकते हैं कि संघ का वैचारिक प्रभाव उन्हें हिंदुत्व के प्रति धारणा बदलने के लिए बाध्य कर रहा है।

सरकारी कर्मचारियों का संघ में आना बाध्यता नहीं है। पर उनका स्वेच्छा से सांस्कृतिक रचनात्मकता का हिस्सा बनने से रोकना न तो उदारवाद के अनुकूल है, न ही लोकतांत्रिक है। संघ हो या अन्य विचारधारा, विमर्श को पुनर्जीवित कर एक-दूसरे को समझना ही भारत के विचार को समृद्ध करना होगा। आचरण और विचार दोनों स्तरों पर मजबूत पहल ही निदान तक ले जाती है।

संदर्भ—

1. 'कच्छ का रण' नाम से विख्यात क्षेत्र भारत के गुजरात और पाकिस्तान सीमा पर स्थित है। इस क्षेत्र के संबंध में 19 फरवरी, 1968 को संयुक्त राष्ट्र संघ द्वारा पदस्थापित तीन सदस्यीय अंतरराष्ट्रीय न्यायाधिकरण ने अपना निर्णय सुनाया, जिसमें से लगभग 3500 वर्ग मील की विवादित भूमि का 90 प्रतिशत हिस्सा भारत में जबकि 10 प्रतिशत पाकिस्तान के हिस्से में आया।

□

समझ की प्रचुरता, सोच की अल्पता

बिपिन चंद्र पाल भारत के सुलझे चिंतकों में एक थे। उन्होंने समकालीन भारतीय मस्तिष्क पर एक टिप्पणी की थी। हम बीती बातों में इतने उलझ जाते हैं कि हमारी प्रकृति प्राचीन या पुरातत्त्ववादी बन जाती है। यद्यपि वे स्वयं संस्कृति और सभ्यता की उपलब्धियों को अपने लेखन और भाषण में महत्त्व देते थे, परंतु वहीं ठहरते नहीं थे। वे भूत को निखारते हुए भविष्य को निहारते थे। विरासत हमारी ताकत है। पर उसकी परिक्रमा करते रहना कमजोर वर्तमान और भविष्य के प्रति लापरवाही है। चूँकि भारत के प्राचीन इतिहास को दबाकर रखा गया, इसके दर्शन की उपेक्षा की गई, विवेक, विद्वत्ता और विवेचन से पूर्ण रचनाओं, वेद, उपनिषद्, महाभारत आदि को अध्यात्म की श्रेणी में रखकर पीढ़ियों को उससे दूर रख दिया गया। इसलिए विरासत पर बल देने की जरूरत महसूस होना स्वाभाविक ही है। लेकिन यह बौद्धिक आलस्य का कारण भी बन गया। हमारी लेखनी और भाषणों में प्राचीन घटनाएँ, साहित्य और नायक आसानी से उद्धृत होते हैं। पर यहीं विराम लग जाना बौद्धिक चोरी वैसे ही है जैसे परीक्षा उत्तीर्ण होने के लिए विद्यार्थी कुंजी से काम चलाता हैं।

विरासत के अध्ययन के लिए भी भारत में सबल 'थिंक टैंक' नहीं है। और जो हैं भी, वहाँ समझ तो बहुत है, पर सोच का संकट है। सिर्फ पुरानी पुस्तकों, पांडुलिपियों, चित्रों के संग्रह से संतुष्ट रहते हैं। विडंबना है कि हम अपनी सभी पांडुलिपियों को नहीं जान पाए हैं, पढ़ना तो दूर। एक अनुमान

के अनुसार देश में चार करोड़ पांडुलिपियाँ हैं, जो हमारे प्राचीन इतिहास की जीवंत गवाह हैं[1]।

जब हम दर्शन, अध्ययन, विमर्श के क्षेत्र में शिखर पर थे, तब पश्चिमी दुनिया ताकत के तर्क में उलझी हुई थी। पर अब स्थिति भिन्न हो चुकी है। पश्चिम ने विचार की ताकत और महत्त्व दोनों को समझा है। इसलिए पिछली तीन शताब्दियों से इसकी कोशिश रही है कि विचारों के सृजन और संवाद पर दुनिया में इसका एकाधिकार रहे। ब्रिटेन के ऑक्सफोर्ड और अमरीका का हार्वर्ड विश्वविद्यालयों का लक्ष्य दुनिया भर के श्रेष्ठ चिंतकों को स्थान देना और हर सूक्ष्म विषयों पर भी शोध करना होता है। भारत के प्राचीन दर्शन और साहित्य पर भी उन्होंने उन्नीसवीं शताब्दी में अध्ययन शुरू कर दिया था। उनके सृजन पर निर्भरता बढ़ती गई। मौलिकता का यह ह्रास भारत के स्वभाव के प्रतिकूल है।

विचारों का सृजन तो व्यक्ति करता है, परंतु उसका परिष्कार एवं संस्थागत रूप समूहों में सत्संग से होता है। पश्चिम के समाज ने राज्य को विचारों का एकाधिकारवादी नहीं बनने दिया। जबकि नवस्वतंत्र देशों के राजनेताओं या राज्य ने अपने आप को विचारों का अंतिम सृष्टिकर्ता मान लिया। बौद्धिक वर्ग उसी का व्याख्याकार भर बन गया। कॅरियरवादी सबसे कमजोर तबका होता है। विचार को उनके हाथों में रहना उसके स्खलन के लिए पर्याप्त है। परिणामस्वरूप राज्य और जनता के बीच या राजनीतिक दलों में नेतृत्व एवं कार्यकर्ता के बीच जो विचार समूह होना चाहिए, वह सिर्फ साइनबोर्ड या भाषण तैयार करने की एजेंसी के रूप में है।

आज विश्व में लगभग 6500 विचार समूह हैं, जिसमें अकेले अमरीका में 1875 हैं। भारत 509 की संख्या के साथ दूसरे स्थान पर है[2]। पर गिने-चुने ही प्रभावी हैं। अधिकांश छोटी-मोटी रिपोर्ट जारी कर या एक-दो सेमिनार कर अपना काम पूरा मान लेते हैं। न तो शोधकर्ता उनके पास हैं, न ही अपेक्षित संसाधन। उद्‌देश्य भी अस्पष्ट होता है।

अमरीका में अप्रवास की समस्या पर 'सेंटर फॉर इमीग्रेशन स्टडीज[3]' और 'फेडरेशन ऑफ अमरीकन इमीग्रेशन रिफॉर्म[4]' जैसी थिंक टैंक गंभीरता

से अध्ययन करती है। भारत में विस्थापितों एवं घुसपैठियों की बड़ी संख्या है। उसपर कानून/प्रस्ताव/भाषण की प्रचुरता तो है, पर प्रामाणिक अध्ययन नहीं होता है। पश्चिम के थिंक टैंक ने नीति विशेषज्ञों और नीतियों को जन्म दिया। कूटनीति में नाम कमाने वाले हेनरी किसिंजर[5] हूवर इंस्टीट्यूट[6] से जुड़े थे तो ब्रूकिंग इंस्टीट्यूट[7] ने 'मार्शल प्लान[8]' बनाया था, जिसके तहत अमरीका ने 13.3 खरब डॉलर की सहायता पश्चिम यूरोप के देशों को की थी।

ब्रिटेन में 1884 से 'फेबियन सोसाइटी[9]' चल रही है, इसके विचार से प्रतिकूल मत वाला एडम स्मिथ इंस्टीट्यूट[10] है। लंदन में स्थित चैथम हाउस[11] एक स्वतंत्र मंच है, जो 1920 से अनवरत सक्रिय है। जिसकी वैश्विक पहचान है। इसी चैथम हाउस में 20 अक्तूबर, 1931 को महात्मा गांधी का 'भारत के भविष्य' पर प्रसिद्ध भाषण हुआ था, जिसमें उन्होंने कहा था कि अहिंसा के मार्ग पर चलने पर "दुनिया का कोई देश अपनी इच्छानुसार भारत को झुका नहीं सकता है।"

गैर-पश्चिमी देशों ने स्वतंत्र विचार समूहों को पनपने नहीं दिया। जो पनपे, वे राजनीति के पालने में पहुँच गए। विचार समूह की प्रकृति शुद्ध वैचारिक होती है। यह विचारों के आईने में तथ्यों से तर्क गढ़ता है और इसी बौद्धिक मंथन नीति निर्माण से लेकर जनमत तैयार करने तक आलोचनात्मक भूमिका होती है।

भारत में हाल के वर्षों में सभी छोटे-बड़े औद्योगिक घरानों ने अपना-अपना थिंक टैंक बना रखा है। इनकी रिपोर्ट के कागज और छपाई सुंदर होती हैं, तथ्य अपचनीय होता है, वे सिर्फ बुद्धि, विलास के ढाबे बनकर रह जाते हैं। स्वतंत्रता से पूर्व गोखले, गांधी, तिलक, अंबेडकर राष्ट्रीय नेताओं ने चिंतन-अध्ययन को अपने राजनीतिक कार्यकलापों के बीच मरने नहीं दिया। वे बौद्धिकों के अनौपचारिक समूह में रहते थे और सबके अपने-अपने अखबार थे। मिशन एक था, पर विचारों की धाराएँ अनेक थीं। स्वातंत्र्योत्तर भारत में वैचारिक मंथन में विपन्नता का साम्राज्य है। जरूरत से ज्यादा राजनीति के हम शिकार हैं। शास्त्रार्थ और कठोर स्वाध्याय भारतीय बौद्धिक जीवन का हिस्सा

था। शंकराचार्य भी इससे बाहर नहीं थे और राजा जनश्रुति ब्रह्म ज्ञान के पिपासु थे। विरासत के महिमामंडन की अपनी उपयोगिता है। परंतु असली चुनौती उसकी विशेषताओं के संदर्भ के अनुकूल जीवित करने की है।

संदर्भ—

1. भारत सरकार के सस्कृति मंत्रालय ने पांडुलिपियों के संरक्षण के लिए नेशनल मिशन फॉर मैनुस्क्रिप्ट की स्थापना 2003 में की, इसके अनुसार देश के विभिन्न संग्रहालयों में 5 करोड़ से ज्यादा दुर्लभ पांडुलिपियाँ संरक्षित हैं, जो संभवतः दुनिया में सबसे ज्यादा हैं।
2. पेंसिल्वेनिया विश्वविद्यालय द्वारा 2020 में हुए एक सर्वे के अनुसार विश्व में कुल 11175 विचार समूह (Think Tank) सक्रिय हैं, जिसमें पहले स्थान पर अमरीका (2203), दूसरे पर चीन (1413) और तीसरे पर भारत (612) है।
3. सेंटर फॉर इमीग्रेशन स्टडीज की स्थापना ओटिस ग्राहम ने 1985 में की थी, अमरीका के वाशिंगटन में स्थित इस विचार समूह का प्रमुख कार्य अमरीका पर वैध और अवैध अप्रवासन (Legal and Illegal Immigration) के द्वारा पड़नेवाले सामाजिक, आर्थिक, पर्यावरणीय सुरक्षा और आर्थिक प्रभावों के बारे में सूचना प्रदान करना और उनका अध्ययन करना है।
4. फेडरेशन फॉर अमरीकन इमिग्रेशन रिफॉर्म की स्थापना जॉन टेन्टन ने 1979 में की थी, यह अमरीका में होनेवाले अनियंत्रित अप्रवासन का सुरक्षा, अर्थव्यवस्था, रोजगार, शिक्षा, स्वास्थ्य और पर्यावरण पर पड़नेवाले नकारात्मक प्रभावों की समीक्षा और उसके समाधान पर कार्य करता है, इसका मुख्यालय वाशिंगटन में है।
5. हेनरी किसिंजर (1923–2023) अमरीका के विदेश मंत्री और राष्ट्रीय सुरक्षा सलाहकार थे, द्वितीय विश्वयुद्ध के बाद की विश्व व्यवस्था और शीतयुद्ध के समय इनकी भूमिका महत्त्वपूर्ण थी, इनको 1973 में शांति का नोबेल भी मिला था।
6. अमरीका के वाशिंगटन में स्थित हूवर इंस्टीट्यूट की स्थापना हर्बर्ट क्लार्क हूवर ने 1919 में की थी।

7. ब्रूकिंग इंस्टीट्यूट की स्थापना रॉबर्ट ब्रूकिंग ने 1916 में की थी, इसका प्रमुख कार्य अमरीका की राष्ट्रीय नीतियों का विश्लेषण करना है।
8. मार्शल योजना (1948–1951), अमरीका द्वारा प्रायोजित एक योजना थी, जो द्वितीय विश्वयुद्ध के बाद यूरोप के 17 देशों की अर्थव्यवस्थाओं के पुनर्वास और सहायता के लिए बनाई गई थी।
9. लंदन में स्थित 'फेबियन सोसाइटी' की स्थापना 1884 में हुई थी, यह विचार समूह राजनीतिक विचारों और लोक नीतियों को केंद्र में रखकर अपना कार्य करता है, यह युद्ध की हिंसा के माध्यम से किसी भी तरह के राजनीतिक बदलाव का प्रतिकार करता है।
10. लंदन स्थित एडम स्मिथ इंस्टीट्यूट विचार समूह की स्थापना 1977 में हुई थी, यह समूह मुक्त बाजार और नवउदारवादी विचार को बढ़ावा देने पर बल देता है।
11. चैथम हाउस की स्थापना 1919 में वुडरो विल्सन और लियोनेल कर्टिस के नेतृत्व में हुई थी, इसका मुख्यालय लंदन में है।

□

विरासत की खोज

कुछ दिनों पूर्व समाजशास्त्र के छात्रों से अनौपचारिक संवाद के दौरान मैंने कुछ नामों, जिनमें विनोबा भावे[1] और जयप्रकाश नारायण[2] शामिल थे, का उल्लेख किया। जब मैंने उनसे उनके बारे में जानना चाहा तो उनकी जानकारी सीमित थी। मुझे तनिक भी हैरानी नहीं हुई। हमने अपनी विरासत से नई पीढ़ी को अवगत कराने का गंभीर प्रयास ही नहीं किया, इसलिए इन नामों की उपयोगिता प्रतियोगिता परीक्षा के सामान्य ज्ञान के प्रश्नों के रूप में सिमटकर रह गई है। नई पीढ़ी के राजनेता भी इन नामों को सुविधाजनक नारों के रूप में ही देखते हैं। यथार्थ कुछ और है। कुछ विरासतें भविष्य को अपने गर्भ में पालती हैं। विनोबा और जयप्रकाश की विरासत उसी श्रेणी में आती है। उनमें जीवंतता और नव-सृजन की असीम क्षमता है। ऐसी विरासत कभी मरती नहीं है, बल्कि मरती हुई चेतना को जीवित करने का कारण बनती है।

जब राजनीतिज्ञ संतों की भूमिका में आ जाते हैं, तब वे दीर्घकालिक परिवर्तन के जनक ही नहीं बनते, अपने जीवन के बाद भीड़ से अपने जैसे पथिकों की खोज करने की ताकत भी रखते हैं। महात्मा गांधी, विनोबा और जयप्रकाश तीनों ने सामाजिक-राजनीतिक परिवर्तनों की शुरुआत महानगरों या बड़े साइनबोर्ड वाले दफ्तरों या बड़े उद्देश्य वाले दावों से नहीं की। वे भीड़ और जनमत तैयार करने का दावा करने वालों तथा शहरी चमक-दमक से दूर देहात को अपना केंद्र और प्रयोगशाला बनाया। महात्मा गांधी ने 1915 में साबरमती नदी के किनारे कोचरब नामक स्थान पर सत्याग्रह आश्रम की

स्थापना की। यह अहमदाबाद शहर से मीलों दूर है। विनोबा ने 1921 में धाम नदी के किनारे वर्धा से छह किलोमीटर दूर पवनार में सत्याग्रह आश्रम बनाया, तो जयप्रकाश ने बिहार के नवादा जिले में, जिला केंद्र से बावन किलोमीटर की दूरी पर शेखोदेवरा नामक गाँव में सर्वोदय आश्रम की स्थापना 1954 में की थी। ये तीनों ही स्थान राजनीतिक-सामाजिक परिवर्तन की प्रयोग भूमि बन गए और कई पीढ़ियों को अपनी ओर खींचते रहे।

आजादी के बाद विनोबा ने 1951 में भूदान यज्ञ शुरू किया। पूरे देश का भ्रमण कर उन्होंने चार लाख एकड़ भूमि बड़े और मध्यम किसानों से दान में प्राप्त की। यह भूमिहीनों के पक्ष में अभियान था। विनोबा सामाजिक-आर्थिक विषमता के अंत के लिए प्रबोधन करते रहे। यह प्रबोधन पश्चिम के वाम और दक्षिण की अवधारणा से भिन्न था। हजारों लोग इस अभियान का हिस्सा बने।

समाज में बदलाव सहमति से पैदा होते हैं, जो कानून या व्यवस्था से कहीं ताकतवर औजार है। इस सहमति के निर्माण के लिए परिवर्तन के सारथी की पात्रता ही कारगर सिद्ध होती है। इसका निर्माण संत भाव से समाज के साथ साक्षात्कार से ही आता है। इसलिए विनोबा यह मानते थे कि सेवा के लिए सत्ता की जरूरत नहीं है। उनका दृढ़ मत था कि 'सेवा के लिए स्वतंत्र योजना होनी चाहिए।' विनोबा के अनुसार सेवा एक 'बड़ा प्रतीक्षालय' है। इसकी एक तरफ से गाड़ी जाती है व्यवस्था और सत्ता की ओर तथा दूसरी तरफ से गाड़ी जाती है भक्ति और मुक्ति की ओर। पिछले वर्ष 15 मई को विनोबा के पवनार आश्रम गया और उस विरासत को समझने की कोशिश की। आश्रम में बत्तीस लोग थे। सबसे अधिक उम्र के विनोबा के सहायक पंचानबे वर्षीय बालविजय और सबसे कम उम्र के चौरासी वर्षीय गौतम बजाज थे। भौतिकतावाद से आश्रम बचा हुआ है। सादगी बनी हुई है। आश्रम की पत्रिका 'मैत्री' के प्रबंधन से जुड़ी ज्योत्स्ना बहन की उम्र इक्यानबे वर्ष थी। बत्तीस लोगों में से तीस महिलाएँ थीं। एक-दो नए लोग आश्रम से जुड़े। पर वे सभी विनोबा के जीवनकाल से आश्रम में रह रहे हैं, जब सभी रास्ते आर्थिक जगत् की ओर जा रहे हों और आर्थिक चेतना सभी चेतनाओं को दबोच रही हो,

तब मनुष्य का आर्थिक संस्करण उसे विचार और दर्शन से दूर करता है। वह आंतरिक विरोधाभासों का निदान अर्थ से बनी रचनाओं में ढूँढ़ता है। विषमता के प्रति संवेदना समाप्त हो जाती है। उस क्रम में वह निर्ममता का संचय कर संवेदनारहित, सामुदायिक जीवन से विरक्त जीवन दर्शन का प्रवक्ता होता है। इसका निषेध और सकारात्मक समाधान पवनार की भूमि देती है। नई पीढ़ी को इस प्रयोग भूमि को समझने और संदर्भ अनुकूल बनाने की आवश्यकता है।

इस वर्ष एक अप्रैल को जयप्रकाश के सर्वोदय आश्रम गया। जे.पी. संपूर्ण क्रांति के निश्छल प्रवक्ता थे। इस आश्रम ने परिवर्तन की एक नैतिक ताकत को जन्म दिया। जब उन्होंने आश्रम बनाया तो न्यूनतम भौतिक सुविधाएँ सड़क, बिजली, बाजार तक उपलब्ध नहीं थीं। 1942 में भारत छोड़ो आंदोलन के साथ-साथ समकालीन राजनीति में वे एक बड़े नाम थे। पर गुमनाम स्थान को नैतिक ताकत के सृजन की प्रयोगशाला बनाया। शहरों और विश्वविद्यालयों से लोग यहाँ आने लगे। जे.पी. अपनी पत्नी प्रभावती के साथ सामान्य जन की तरह रहने लगे।

अपनी लोकप्रियता, प्रतिभा और संत भाव को पिरोकर वे भविष्य का जे.पी. तैयार कर रहे थे, जिसे भारतीय लोकतंत्र को राक्षसी हमले से बचाना था। 1942 में जब जे.पी. हजारीबाग जेल से भाग निकले थे, तब कुछ दूरी पर एक चट्टान पर आश्रय लिया था, जिसे जे.पी. चट्टान[3] के नाम से जानते हैं। सर्वोदय आश्रम स्वावलंबन और स्वचेतना का सृजन स्थल बन गया। जेपी की नैतिक ताकत ने चंबल के डाकुओं को आत्मसमर्पण के लिए बाध्य कर दिया। बाद में जेपी नौजवानों के आंदोलन के सारथी बने। विरोधी विचारधाराओं से सत्संग करने के लिए प्रेरणा के स्रोत बन गए, जो आश्रम लोकतंत्र और स्वावलंबन की पाठशाला होना चाहिए था, वह अज्ञात बना हुआ है। स्थानीय लोग इस स्मृति से जुड़ी सभी चीजों को बचाने का अथक प्रयास कर रहे हैं, पर लोकतांत्रिक राज्य इस अमूल्य धरोहर के प्रति उपेक्षा का भाव लिये उदासीन बना हुआ है। सर्वोदय आश्रम लोकशक्ति निर्माण का एक दर्शन है। यह लोकशक्ति चुनावी राजनीति का हिस्सा नहीं होती है,

राजनीतिक संस्कृति की शिक्षक होती है। वह उसे भटकने से रोकती है और निर्माण तथा विध्वंस दोनों की क्षमता रखती है। तात्कालिकता उसकी बुनियाद में नहीं होती। राजनीति को दीर्घकालिक सोच पैदा करने को बाध्य करती है। इसके प्रबोधन से लोक-पात्रता पैदा होती है, जो संकीर्णताओं को कुचलती है। जब लोकशक्ति में अहंकार पैदा होता है, तब उसका क्षरण होता है, जिसका आभास तब तक नहीं होता, जब तक कि वह समाज के लिए बोझ नहीं बन जाता। जे.पी. कभी बोझ नहीं बने। इन दोनों विरासतों से साक्षात्कार पर्यटक के रूप में नहीं, परिवर्तन की मानसिकता से करने पर उसकी उपयोगिता और प्रासंगिकता समझ में आती है। समाज और राजनीति दोनों में परस्पर सामंजस्य तभी रह सकता है, जब परिष्कारवादी धारा अपनी स्वायत्तता बनाए रखे। उसकी निर्लिप्तता ही उसको सामर्थ्य और जोखिम उठाने की शक्ति प्रदान करती है। इसे खोकर लोकशक्ति ढोलक की तरह खोखलेपन के साथ स्वर निकालती है। भौतिकता आचरण और नैतिकता की बलि चढ़ाती है। फिर समाज और राजनीति में मापदंड बदल जाते हैं। ऐसी स्थिति में नवउदारवादी चेतना को परास्त करने के लिए नवनिर्माण को अपनी कोख में छिपाए इन विरासतों की खोज ही रचनात्मकता है। विनोबा और जेपी उसी सृजनशील रचनात्मकता के दो जीवंत नायक हैं और सत्याग्रह आश्रम और सर्वोदय आश्रम जीवंतता के प्रतीक हैं।

संदर्भ—

1. विनोबा भावे (1895-1982) भूदान आंदोलन के प्रणेता थे। 18 अप्रैल, 1951 को आंध्र प्रदेश के पोचमपल्ली गाँव से इसकी शुरुआत की। महाराष्ट्र के पवनार (वर्धा) में उनका आश्रम है, 'गीताई' उनकी प्रसिद्ध रचना है।
2. जयप्रकाश नारायण (1902-1979) लोकनायक के नाम से पुकारे जाते हैं, वे 'संपूर्ण क्रांति' के प्रणेता तथा समाजवादी विचारधारा के समर्थक थे। उन्होंने 1952 में प्रजा सोशलिस्ट पार्टी की स्थापना की। इंदिरा शासन के खिलाफ वृहत जन आंदोलन का उन्होंने 1974 में नेतृत्व किया। वे सर्वोदय दर्शन और आंदोलन से अभिन्न रूप से जुड़े थे।

3. जे.पी. चट्टान, बिहार के नवादा जिले के कौवाकोल क्षेत्र में स्थित सेखो देवरा आश्रम से करीब 500 मीटर पर जंगल के बीच एक चट्टान है। इस चट्टान का नाम जयप्रकाश नारायण के नाम पर रखा गया है। उन्होंने 1942 में हजारीबाग जेल से अंग्रेजी पुलिस के नियंत्रण से साहसपूर्ण तरीके से निकलकर भूमिगत जीवन इन्हीं चट्टानों पर बिताया।

□

विस्मृति के दौर में

जाति विमर्श बिहार की राजनीति का केंद्रबिंदु बन चुका है। कुछ इस हद तक कि जातीय पहचान सार्वजनिक जीवन में अनिवार्यता की तरह हो गई है। एक समय था, जब ऐसा करना लोकतंत्र के लिए अनैतिकता की तरह था। पर अब इसमें राजनीतिक नैतिकता का बोध कराया जा रहा है। सबसे दुर्भाग्य की बात है कि किसी भी कोने से इसका निषेध करने वाली आवाज सुनाई नहीं पड़ रही है। जातिविहीन समाज की बात करने वाले गैर-राजनीतिक और अव्यावहारिक माने जाने लगे हैं। किसी भी ऐतिहासिक समाज में, जिसका ठोस दावा बिहार के पास है, यह एक अत्यंत संकट की स्थिति है। आजादी के बाद से बिहार ने लोकतंत्र के सर्वोच्च मूल्यों को उदाहरण के रूप में प्रस्तुत किया था। ऐसा नहीं कि चुनाव में जाति का महत्त्व नहीं था, पर व्यक्ति की गुणात्मकता और विचार की ताकत ने जाति की भूमिका को असीमित, अमर्यादित और सुनामी बनने नहीं दिया था। तभी तो कर्पूरी ठाकुर[1] जातीय सीमाओं से पार सम्मान और समर्थन हासिल करते रहे। दो वैचारिक दलों, भारतीय कम्युनिस्ट पार्टी और भारतीय जनसंघ के शीर्ष नेता बंगाली थे। विजय कुमार मित्रा जनसंघ से तो जगन्नाथ सरकार और सुनील मुखर्जी कम्युनिस्ट पार्टी से जुड़े थे। इतना ही नहीं, लोकसभा चुनावों का इतिहास भी बिहार के लोगों के मूल पिंड को दरशाता है। मधुलिमये बिहारी नहीं थे, पर वे बिहार से चार बार लोकसभा के लिए चुने गए थे। दो बार मुंगेर से और दो बार बाँका से। आचार्य जे.बी. कृपलानी[2] सिंधी थे। वे भी दो बार बिहार से लोकसभा के लिए चुने गए थे।

एक बार भागलपुर से तो दूसरी बार 1957 में सीतामढ़ी से। ऐसे उदाहरणों की कमी नहीं है। गुजरात के अशोक मेहता मुजफ्फरपुर से चुनाव जीते थे। इसी लोकसभा क्षेत्र से जॉर्ज फर्नांडिस पाँच बार चुनाव जीते। श्यामानंद मिश्रा का संबंध नेपाल से था। शिक्षा पटना में हुई। वे भी बिहार से दो बार लोकसभा पहुँचे। आधुनिकता के साथ लोकतंत्र का क्षरण हुआ है। जातिबोध लोकतांत्रिक प्रक्रिया और संस्थाओं पर हावी हो गया। कुछ इस हद तक कि 'समाज' का अर्थ हर व्यक्ति के लिए उसकी जाति बन गई है। हालाँकि यह बीमारी पचास के दशक में भी थी, पर इसके संक्रमण को रोकने वाली ताकतें भी मौजूद थीं। इस संदर्भ में बिहार के पहले मुख्यमंत्री श्रीकृष्ण सिंह और जयप्रकाश नारायण के बीच पत्राचार उल्लेखनीय है। जेपी ने श्रीकृष्ण सिंह को आगाह किया था कि शासन व्यवस्था किसी जाति विशेष से चिह्नित नहीं होनी चाहिए तो श्रीकृष्ण सिंह ने जेपी पर 'कदमकुआँ ब्रेन ट्रस्ट' द्वारा संचालित होने का आरोप लगाया था। दोनों का उद्देश्य लोकतंत्र के अवमूल्यन को रोकना था। प्रकारांतर से आलोचनात्मक विमर्श की परंपरा प्रायः मृतप्राय हो चुकी है। इसके बिना जन-प्रबोधन की कल्पना नहीं कर सकते। आखिर यह सब कैसे और क्यों हो रहा है ? इसके जवाब में वर्तमान संकट का समाधान भी छिपा हुआ है। इसका एक बड़ा और महत्त्वपूर्ण कारण प्रतिनिधित्व के प्रश्न को विचार के धरातल से उठाकर पहचान के धरातल पर ले आना है। ऐसा नहीं कि गैर-समानुपातिक प्रतिनिधित्व का प्रश्न पहले नहीं उठा है। 1930 के दशक में त्रिवेणी संघ नामक संगठन का जन्म इसी प्रश्न को लेकर हुआ। बाद में सोशलिस्ट नेता राममनोहर लोहिया ने सबलता से इसे आगे बढ़ाया। पर यह सब लोकतांत्रिक शैली और मर्यादा की परिधि में होता रहा। राजनीति में विचारों की गिरावट ने शून्यता को जन्म दिया, जिसने जातीय कुलीनों को भरपूर अवसर दिया। अत्यंत व्यवस्थित तरीके से जनता का जातीय ध्रुवीकरण कराया जाता रहा और कल तक प्रतिरोध करने वाले भी इसी आसान रास्ते का पथिक बनने में अपना उज्ज्वल भविष्य तलाशने लगे। अपनी सर्वसमावेशी और जातिविहीन पात्रता को खोकर राजनीतिक सुधार के नायक नहीं बन सकते हैं।

जब-जब निष्कलंकित पात्रता खड़ी हुई, लोगों ने संकीर्णताओं से ऊपर उठकर राष्ट्रीय चरित्र का परिचय दिया। इसके अनेक उदाहरण चुनावी राजनीति में देखे जा सकते हैं। जयप्रकाश नारायण की जाति ने उनकी लोकतांत्रिक उपयोगिता और उसके प्रभाव को कम नहीं होने दिया और वे 1974 के छात्र आंदोलन के नायक बने। पिछले वर्ष विनोबा भावे के पवनार आश्रम गया था। विनोबा के अनुयायियों के मन में बिहार की श्रेष्ठ तसवीर थी। उनमें एक चौरासी वर्षीय गौतम बजाज ने कहा, "बिहार का बाबा और बाबा (विनोबा) का बिहारी", जब कारण पूछा तो उन्होंने बताया कि विनोबा के भूदान यज्ञ को बिहार में अभूतपूर्व सफलता मिली थी। दूसरी तरफ बिहार को ही सर्वप्रथम जमींदारी उन्मूलन जैसे प्रगतिशील निर्णय का भी श्रेय जाता है। पर सामाजिक संगठनों की आंतरिक दुर्बलता और राजनीति में हस्तक्षेप करने की क्षमता के ह्रास ने राजनीति को सामाजिक मनोविज्ञान निर्माण का एकाधिकार दे दिया। इस एकाधिकार को चुनौती देना कठिन नहीं है। बिहार की अपनी विरासत ही बदलाव के लिए यथेष्ट है। राजनीति लोगों का विरासत से विच्छेद नहीं कर पाई है। यही सबसे बड़ी पूँजी है। जातीय कुलीनों ने सार्वजनिक जीवन की सभी न्यूनताओं को अपयश का कारण नहीं माना है। आम जनता इस व्याधि से मुक्ति का रास्ता ढूँढ़ रही है। इसलिए जातीय राजनीति स्थायित्व और वैधानिकता का दावा करने में पूरी तरह से अक्षम है।

लोकतंत्र सिर्फ चुनावी खेल नहीं है। इसका सांस्कृतिक पक्ष भी है, जिस समाज की सांस्कृतिक चेतना जितनी सबल होती है, लोकतंत्र उतना ही समृद्ध होता है। इसलिए विघटनकारी राजनीति सांस्कृतिक चेतना को प्रदूषित करती है। देवताओं, ऋषियों, मुनियों, स्वतंत्रता सेनानियों, साहित्यकारों को जाति-बिरादरी की शोभा बढ़ाने वाला, जातीय राजनीति को सम्मानित करने वाला उपकरण बना दिया जाता है। तात्कालिकता की यह राजनीति दीर्घकालिकता की चिंता नहीं करती है।

सांस्कृतिक चेतना को उभारने वाले सभी तत्त्वों की उपेक्षा की जाती है। बिहार स्वतंत्रता आंदोलन में अग्रणी रहा है। पर, इतिहास की पुस्तकों में

इस भूमिका के स्वर को पीढ़ियों को प्रेरित करने वाले की जगह निष्प्रभावी बनाकर प्रस्तुत किया गया है। दुनिया में ज्ञान का सबसे बड़ा केंद्र नालंदा विश्वविद्यालय था। उसके साथ विक्रमशिला विश्वविद्यालय[3] भी था। इन संस्थाओं ने भारतीय ज्ञान परंपरा को आगे बढ़ाया। पीढ़ी-दर-पीढ़ी अपने स्वर्णिम योगदान की विरासत से विमुख रही है। आर्यभट[4] से मंडन मिश्र[5] तक और बोधगया से लेकर वैशाली तक का इतिहास विज्ञान, अध्यात्म और चेतना का इतिहास रहा है। वह सब सामान्य ज्ञान बनकर रह गया है। जो समाज अपने इतिहास को पीढ़ियों के सामने नहीं रख पाता है, वह अपनी विरासत की श्रेष्ठता का लाभ स्थानांतरित भी नहीं कर पाता है। ऐसा नहीं कि उसे सँजोकर भविष्य के लिए रखने वाले नहीं हैं। इसका एक उदाहरण नवादा जिले में 'सत्याग्रह आश्रम' है, जो जयप्रकाश नारायण की गतिविधियों का दशकों तक केंद्र रहा है। स्थानीय लोग जाति-पंथ की सीमाओं से ऊपर उठकर उन मूल्यों को उस आश्रम के माध्यम से इस आशा से सँजोकर रखे हुए हैं कि भविष्य में यही चिनगारी नए बिहार की रचना का कारण बनेगी। बिहार के लिच्छवी का लोकतंत्र प्राचीन ग्रीक के लोकतंत्र से पुराना है। भारत के लोकतंत्र का इतिहास इससे जुड़ा है। इसके प्राचीन इतिहास में धर्म चेतना ने सत्ता सरोकार को पीछे छोड़ दिया है। स्वयं चंद्रगुप्त ने जैन धर्म से प्रभावित होकर भद्रबाहु से दीक्षा लेकर दक्षिण (कर्नाटक) के चंद्रगिरि पहाड़ियों पर शेष समय व्यतीत किया, तो अशोक बौद्ध धर्म की शरण में रहा।

वर्तमान की सामाजिक-राजनीतिक प्रक्रिया न तो विरासत और न ही आधुनिकता से मेल खाती है। इसने विखंडित और परस्पर कटुता आधारित सामाजिक जीवन को जन्म दिया है। जिसमें आदर्श बनने की क्षमता है, वह अपवाद बनकर रह गया है।

संदर्भ—

1. कर्पूरी ठाकुर (1924-1988) समाजवादी विचारधारा के पुरोधा थे। उनको भारत रत्न का सम्मान (2024) दिया गया, वे बिहार के मुख्यमंत्री भी थे।

2. आचार्य जे.बी. कृपलानी (1888–1982) गांधीवादी नेता थे। सन् 1947 में वे भारतीय राष्ट्रीय कांग्रेस के अध्यक्ष रहे। 1952 में प्रजा सोशलिस्ट पार्टी की स्थापना की।
3. विक्रमशिला विश्वविद्यालय प्राचीन भारत का एक बौद्ध शिक्षा केंद्र था, जिसकी स्थापना 8वीं शताब्दी में पाल वंश के राजा धर्मपाल ने की थी। यह विश्वविद्यालय बिहार के भागलपुर जिले में स्थित था।
4. आर्यभट्ट (476–550 ईसवी) प्राचीन भारत के गणितज्ञ और खगोलशास्त्री थे। आर्यभट्ट को गणित और खगोल विज्ञान के क्षेत्र में उनके महत्त्वपूर्ण योगदान के लिए जाना जाता है। 'आर्यभट्टीयम' उनकी प्रमुख कृतियों में से एक है।
5. मंडन मिश्र (8वीं शताब्दी) प्राचीन भारत के दार्शनिक और विद्वान् थे। 'अद्वैत वेदांत' और 'मीमांसा दर्शन' के संदर्भ में इनका नाम उल्लेखनीय है। आदि शंकराचार्य के साथ हुआ 'शास्त्रार्थ' मंडन मिश्र के जीवन का एक प्रसिद्ध प्रसंग है। कहा जाता है कि शंकराचार्य और मंडन मिश्र के बीच वैदिक कर्मकांड और अद्वैत वेदांत पर एक विस्तृत वाद-विवाद हुआ था। इस शास्त्रार्थ में मंडन मिश्र की पत्नी भारती मध्यस्थ की भूमिका में थीं और उन्होंने निष्पक्ष रूप से दोनों पक्षों के तर्कों का मूल्यांकन किया। अंततः मंडन मिश्र ने शंकराचार्य के तर्कों को स्वीकार किया तथा उनके शिष्य बन गए। मंडन मिश्र की रचनाओं में 'निधि विवेक', 'भावना विवेक', 'विभ्रम विवेक', 'ब्रह्मसिद्धि' आदि प्रमुख हैं।

□

समकालीन भारतीय विमर्श

संसद, टीवी चैनलों के स्टूडियो, सार्वजनिक सभाओं और सड़क पर हो रहे विमर्श में प्राय: अंतर समाप्त होता जा रहा है। यह लोकतंत्र की गुणात्मकता और समाज की जीवंतता पर अपने आप में सवाल खड़े करता है। जैसे-जैसे लोकतंत्र के विस्तार के साथ देश की भौतिक अवस्था में भी सकारात्मक बदलाव आया है, उससे तो कल्पना में यही बात रही होगी कि बौद्धिकता का भी स्तर और अभिव्यक्ति की शैली में प्रगतिशीलता और श्रेष्ठता आएगी। लेकिन यथार्थ इससे एकदम भिन्न है। बहस की शैली और तत्त्व दोनों में ही गिरावट आई है। विशेषकर टी.वी. स्टूडियो की बहसें अपने सुनने-देखने वालों की भी रचनात्मकता को कम करने में अधिक कारगर हो रही हैं। यही कारण है कि हलकी, ऊटपटाँग, उलाहनापूर्ण, व्यंग्य और अपशब्दों वाली, जिन्हें संक्षेप में अमर्यादित और असंसदीय कह सकते हैं, चर्चाएँ अधिक रुचिकर लगने लगी हैं और ये बड़ी संख्या में दर्शकों को लुभाती हैं। पचास और साठ के दशक में संसद से लेकर आम सभाओं तक विमर्श में गंभीरता, मर्यादा और ठोस वैचारिक तत्त्वों की बहुलता होती थी। समाजवादी नेता आचार्य जे.बी. कृपलानी महात्मा गांधी के अनुयायी और 1947 तक कांग्रेस के अध्यक्ष भी रहे थे। एक बार लोकसभा में जब वे कांग्रेस की आलोचना कर रहे थे, तब एक सदस्य एम.एन. लिंगम ने उनसे व्यंग्यात्मक अंदाज में पूछा कि आपने कांग्रेस कब छोड़ी? कृपलानी ने जो उत्तर दिया, वह संवाद की प्रकृति को दरशाता है—"कांग्रेस छोड़ना उनके

लिए वैसा ही है जैसे कोई व्यक्ति अपना घर छोड़ता है, लेकिन मैंने उस दिन छोड़ी, जब कांग्रेस में कमीशन और करप्शन की संस्कृति आ गई। महात्मा गांधी के आदर्शों का बखान करते हुए उनकी आत्मा को कुचलने लगी।" संवाद से समाज का चरित्र उजागर होता है। इसे सुनकर समकालीन समाज के लोगों की बौद्धिकता, बौद्धिक साहस और सांस्कृतिक चेतना को समझा जा सकता है। बहस में गिरावट के लिए सिर्फ राजनीति को दोषी मानना समस्या के समाधान पर ताला लगाने जैसा होगा। निश्चित तौर पर राजनीतिक चरित्र में कॅरियर और व्यवसायवाद का प्रवेश हुआ है और वह अमरबेल की तरह फैल रहा है। फिर उसे रोकने की जगह समाजशास्त्री, साहित्य-संस्कृतिकर्मी और अन्य बौद्धिक जगत् के लोग या तो सारथी, बाराती या उदासीन दर्शक बन जाएँ तो इस गिरावट के लिए उनकी भी जिम्मेदारी कम नहीं हो जाती है। सच्चाई यह है कि प्रश्रयवादी राजनीति ने अपना विस्तार इस हद तक कर लिया है कि बौद्धिक जगत् की जो एक स्वायत्तता और समालोचना की सामर्थ्य होती थी, वह समाप्त नहीं हुई है तो कम-से-कम कमजोर जरूर हुई है। कॅरियरवाद का सबसे पहला असर चेतना पर होता है, व्यक्ति या समाज अपनी चेतना को अपने तात्कालिक लाभ या हानि के दायरे में समायोजित (एडजस्ट) करता है। संवाद और विमर्श के लिए उपयुक्त पात्रता समाप्त होने लगती है। भारतीय समाज के लिए विमर्श की क्षति इसकी अपनी विरासत और स्वभाव के अनुकूल नहीं है। हमारा सभ्यताई इतिहास प्रयोगधर्मिता का रहा है, जो जीवन के हर क्षेत्र में प्रचुर विविधता को प्रकट होने का स्वाभाविक और सहज रास्ता देता है। इसलिए दर्शनों, सिद्धांतों, विचारों और दृष्टिकोणों में टकराव अस्वाभाविक नहीं रहा है। प्राचीन काल के उदाहरणों को अगर छोड़ भी दें, तो उन्नीसवीं शताब्दी के अनेक गर्व करने लायक दृष्टांत मौजूद हैं। काशी में स्वामी दयानंद[1] और बाल शास्त्री[2] तथा मिथिला के बच्चा झा[3] और काशी के पंडित दामोदर शास्त्री[4] के बीच शास्त्रार्थ और उसे सुनने-समझने वालों की बड़ी संख्या भारतीय समाज के तर्क, ज्ञान और चेतना आधारित बौद्धिकता को दरशाती है। विधायिका से

लेकर टेलीविजन और स्टूडियो की बहस दिखाती है कि बड़े भवन, चमकता बाजार, विश्वविद्यालयों की बढ़ती संख्या, साक्षरता में उछाल विमर्श के गिरते सूचकांक को रोकने में सार्थक भूमिका नहीं निभा पाए हैं। बाजारवादी मन-मानसिकता ने उसे नुकसान ही पहुँचाया है। चेतना और बौद्धिकता व्यक्ति को कारण की नाव ही नहीं बनने देती है, उसमें जोखिम उठाने और हस्तक्षेप करने का जोखिम उठाने की क्षमता पैदा करती है। संवाद मुँह चलाना नहीं, चेतना का प्रदर्शन करना होता है। एक रोचक घटना इस संदर्भ में उल्लेखनीय है। लॉर्ड कर्जन[5], जो बंगाल का गवर्नर था, के पास संस्कृत के श्लोक के उच्चारण में ऑक्सफोर्ड और कैंब्रिज विश्वविद्यालयों के दो विद्वानों के बीच मतभेद का प्रश्न आया। उसने काशी के सरकारी कॉलेज के अंग्रेज प्राचार्य से इसके समाधान के लिए किसी प्रामाणिक विद्वान् की राय जाननी चाही। पंडित दामोदर शास्त्री का नाम आया। कर्जन और शास्त्री के बीच 1903 में लंबी बातचीत हुई। अंत में जब कर्जन ने उनसे उनकी डिग्री जाननी चाही, तो शास्त्री का उत्तर था—"अपनी विद्या उपलब्धियों का स्वयं थाह नहीं है। हम अनुगृहीत होंगे अगर इस भूमंडल में कोई परीक्षक नियुक्त कर देंगे।" संस्कृति, समाजशास्त्र और साहित्य समाज को जागृत करते हैं और जगा समाज विमर्श को प्रतिक्रियावाद से बचाता है। राजनीति में रहना बौद्धिकताशून्य होने के लिए विशेषाधिकार की तरह नहीं है। डॉ. आंबेडकर सक्रिय राजनीति में थे और हजारों पृष्ठ लिख गए, जवाहरलाल नेहरू की 'भारत : एक खोज', कन्हैयालाल माणिकलाल मुंशी की दर्जनों स्तरीय रचनाएँ, विनोबा भावे का 'गीताई', गांधी के हजारों पृष्ठों का लेखन, बाल गंगाधर तिलक का 'गीता रहस्य', इस बात के उदाहरण हैं कि स्वाध्याय, विद्यार्जन और चिंतन हमारी राजनीति का अभिन्न हिस्सा रहा है। उससे कटी हुई राजनीति दलदल की तरह होती है। प्रधानमंत्री का कार्यक्रम 'मन की बात' एक उदाहरण है, जिसमें वे सामाजिक, सांस्कृतिक और रचनात्मक पहलुओं से समाज को रूबरू कराते हैं। विमर्श की संस्कृति की बुनियाद बर्बर अभिव्यक्ति बन जाती है तब वर्तमान से अधिक पीढ़ियों को नुकसान

होता है। आज विमर्श के आयामों पर पारदर्शी और गैरदलीय आधार पर चर्चा की आवश्यकता है। भारतीय विमर्श को हमारे पूर्वजों ने अत्यंत प्रतिकूलता में सींचा है। इसके अनंत उदाहरण हैं। इन्हीं में एक नाम रवींद्रनाथ ठाकुर का है। उन्होंने अपने व्यक्तिगत जीवन के दुखों से अपने समाज के प्रति प्रतिबद्धता को परास्त होने नहीं दिया। आरंभिक वर्षों में उनके पिता और प्रिय पत्नी का देहावसान हो गया। 1902 में उनकी पुत्री, फिर बाद में पुत्र का निधन हुआ। दुःख को पीते रहे, पीढ़ियों के लिए चेतना का बीज बोते गए। पुरुषार्थ और कर्मठता से ही विमर्श की गिरावट को हम रोक सकते हैं।

संदर्भ—

1. स्वामी दयानंद सरस्वती (1824-1883) ने आर्य समाज की स्थापना की। उनकी प्रमुख कृति 'सत्यार्थ प्रकाश' है।
2. पंडित बालशास्त्री (1839-1882) को वर्ष 1864 में काशी के राजकीय संस्कृत कॉलेज में सांख्य-शास्त्र के अध्यापक पद पर नियुक्त किया गया। काशी के प्रसिद्ध विद्वान् पं. राजाराम शास्त्री इनके गुरु थे। सन् 1880 में इन्होंने काशी में शास्त्रीय विधि से ज्योतिष्टोम यज्ञ संपन्न किया था। 16 नवंबर, 1869 को महर्षि दयानंद और काशी के पंडितों के बीच हुए मूर्तिपूजा पर केंद्रित शास्त्रार्थ में इनका महत्त्वपूर्ण योगदान रहा।
3. पंडित बच्चा झा (1860-1921) का जन्म दरभंगा जिले के लवाणी नामक गाँव में हुआ था। ये एक दार्शनिक थे। दर्शन और तर्कशास्त्र पढ़ाने के लिए उन्होंने अपने पैतृक गाँव में शारदा भवन विद्यापीठ नामक एक शैक्षणिक संस्थान की स्थापना की। उन्होंने एक दर्जन से अधिक पुस्तकों की रचना की।
4. पंडित दामोदर शास्त्री काशी के एक प्रसिद्ध विद्वान् और पंडित थे। वे संस्कृत साहित्य और हिंदू धर्मशास्त्र के गहन ज्ञाता थे। इन्होंने अपने जीवन को वेद, उपनिषद् तथा पुराणों के अध्ययन और शिक्षण के लिए समर्पित किया।
5. लॉर्ड कर्जन (1859-1925) भारत का वायसराय (1899-1905) था।

□

दिनकर के बहाने

महापुरुषों की जयंतियाँ अवसर की तरह होती हैं। उनके जीवन के संघर्ष और संदेश दोनों को याद करना हमारे मन-मस्तिष्क की खुराक बन सकती है। पर जब हम अपनी स्वेच्छा से ही मरीज बनकर रहना चाहते हैं, तब न दवा की चिंता होती है, न ही उसकी जरूरत। समकालीन समाज की यही त्रासदी है। इसे राष्ट्रकवि रामधारी सिंह 'दिनकर'[1] की जयंती के बहाने समझ सकते हैं। कुछ परिष्कार का भी प्रयास कर सकते हैं। हमारी कर्मशीलता में सच का अंश और साहस कितना है, इसे हम उनके व्यक्तित्व एवं कर्तृत्व के आईने में देख सकते हैं।

दिनकर की लेखनी अतीत व वर्तमान के प्रसंगों द्वारा भविष्य की बुनियाद तैयार करती है। ऐसे व्यक्तित्व के धनी वे सभी होते हैं, जो इस बात की चिंता करते हैं कि हम क्या विरासत छोड़ जाएँगे? दुनिया में ऐसी चेतना के लेखक और राजनेता हमेशा रहे हैं। अर्थशास्त्री जे.एम. किंस ने वर्ष 1930 में भविष्य को सामने रखकर एक लेख लिखा था 'इकॉनोमिक पॉसिबिलिटिज फॉर आवर ग्रैंड चिल्ड्रेन', मार्टिन लूथर किंग (जूनियर) का 1963 का लिंकन मेमोरियल भाषण 'आई हैव ए ड्रीम' और 1931 में कृष्णचंद्र भट्टाचार्य का आशुतोष मेमोरियल में भाषण 'विचारों में स्वराज' इसके कुछ ज्वलंत उदाहरण हैं। दिनकर कवि और राजनेता, दोनों थे। उन्होंने समकालीन राजनीतिक प्रक्रिया से मुँह नहीं मोड़ा। माखनलाल चतुर्वेदी और फणीश्वरनाथ रेणु, अफ्रीकी उपन्यासकार न्गुगी वा थ्योंगो, अल्जीरिया के फ्रैंज फैनन और रूस के गोर्की

इसी श्रेणी में आते हैं। दिनकर के संपूर्ण साहित्य का सार 'प्राकृतिक न्याय' के लिए संघर्ष और संकल्प है। साधारणतया खलनायकों को मुख्य पात्र बनाकर साहित्य सृजन या फिल्मों का निर्माण नहीं होता है। पर दिनकर अपवाद हैं। कर्ण को लेकर उन्होंने संकीर्णता, भेदभाव और अन्याय के विरुद्ध, आवाज बनने का अत्यंत ही प्रभावी संदेश दिया है। राजनीति से उनका संबंध संसद् सदस्य होने की वजह से था, पर न कभी उनकी लेखनी कमजोर हुई, न ही जुबान लड़खड़ाई।

एक साहित्यकार या समाजशास्त्री जब समाज की चिंता करता है, तब उसके जीवन में अनेक अदृश्य अड़चनें आती हैं, जिसे वह भगवान् शिव की तरह 'विषपान' करता है। उसका अनुपात जितना होता है, उसके शब्दों की ताकत उतनी ही अधिक होती है। सत्तर के दशक में अभिव्यक्ति की आजादी और संस्थाओं का सूचकांक गिर रहा था। लोगों की निगाह जयप्रकाश नारायण के नेतृत्व की ओर थी। दिनकर और रेणु—दोनों उनका आत्मविश्वास बढ़ाने में लगे थे। दिनकर ने जयप्रकाश नारायण को अपनी आयु देने की प्रार्थना करते हुए कहा था—'देश को आपकी जरूरत है'। व्यवस्था-विरोधी आंदोलन जब 1974 में शुरू हुआ, तब दिनकर दुनिया में नहीं थे, परंतु वे संघर्ष के दौर में कभी अनुपस्थित भी नहीं रहे। रेणु ने उनकी कविता 'सिंहासन खाली करो कि जनता आती है' का पाठ जे.पी. की सभा में कर हर नौजवान को दिनकर बना दिया। इस तरह की निडर प्रतिभाएँ ही बौद्धिक विमर्श का नेतृत्व करती हैं। उनका नाम मूल्य और विचार का पर्याय बन जाता है।

समकालीन भारत में या पूरी दुनिया में विमर्श पर ग्रहण लगा हुआ है। उल-जलूल बोलेने वाले सामाजिक-राजनीतिक बहस को जन्म देते हैं। सबसे आश्चर्य की बात है कि वे लज्जित भी नहीं होते हैं। यही गिरावट की सबसे प्रामाणिक सूचना है। समाज उनकी भाषा और भाव-भंगिमा को सहन करता है, यह चेतना-शून्यता का संकेत है। गलती न समाज की है, न ही ऊटपटाँग बोलने वाले लोगों की। जब बौद्धिक नेतृत्व कमजोर हो जाता है, तब ऐसी ही परिस्थितियों से समाज को गुजरना पड़ता है।

बौद्धिकता कलम या जुबान की जादूगरी नहीं है। यह त्याग, निडरता, चेतना मूलक जीवन को प्रसारित करता है। दिनकर की कविता 'कलम : आज उनकी जय बोल' उनके सामने नतमस्तक होने की बात करता है, जो दधीचि की तरह अपने समाज के लिए अपने जीवन का होम कर देते हैं। माखनलाल चतुर्वेदी असहयोग आंदोलन (1921-22) में विलासपुर के जेल से ही 'पुष्प की अभिलाषा' लिखकर ऐसा ही संदेश दिया था। रेणु ने जे.पी. पर हमले पर रोष जाहिर कर 4 नवंबरर, 1974 को 'पद्मश्री' को 'पापश्री' कहकर लौटा दिया था। दिनकर, चतुर्वेदी, रेणु की मन की स्वायत्तता उन सबकी विलक्षणता थी। यही उन्हें कालजयी बना देता है। उन सब लोगों ने आलोचनात्मक दृष्टि को कभी मुरझाने नहीं दिया। दुनिया के सभी भागों में इसका सामानांतर मिलता है। न्गुगी अंग्रेजी के प्रसिद्ध उपन्यासकार थे। उनकी अंग्रेजी में अंतिम रचना 'पेटल्स ऑफ ब्लड' थी। उन्होंने साम्राज्यवाद को एक आधिपत्य ही नहीं, बल्कि मानसिक दासता मानकर अफ्रीकी समाज को नई रोशनी दिखाई। वे 1977 से अपनी भाषा गिकुयी में लिखने लगे और अपनी पुस्तक 'डिक्लोनाइजिंग द माइंड' द्वारा उपनिवेशवाद से पीड़ित दुनिया के लोगों को राह दिखाई। वैसे ही श्वेतों के जुल्म को फ्रैंज फेनो ने 'रेचेड ऑफ द अर्थ' और 'ब्लैक स्किन, व्हाइट मास्क्स' में सधे शब्दों में रखा है। मानवीय सम्मान और सामाजिक-आर्थिक समानता की पक्षधरता ऐसे सभी कालजयी लेखकों की बुनियादी सोच का हिस्सा होती है।

समर्पण सदैव अनाथ होता है। उसका परिणाम जरूर उनका जय-जयकार करने वालों की जमात पैदा करता है। कुछ उनकी राह के राही बनते हैं, शेष नया कर्मकांड बनाकर चलते हैं। दिनकर एक साधक की तरह समाज-साधना करते रहे। वे कभी शहरी या महानगरीय नहीं बने। ऐसे बौद्धिक अपने-अपने स्थान पर अपनी भाषा में संदेश देते हैं। सबका आशय नव-मानव का निर्माण होता है। वैश्विकता उन सबकी पात्रता को पीढ़ियों के लिए उपयोगी बना देती है।

अपनी ख्याति और व्यस्तता के बावजूद दिनकर ने अपने जन्मस्थान सिमरिया (बेगूसराय) को नहीं छोड़ा। इसलिए समाज की मानसिकता को पढ़ना उनके लिए आसान था। जब उन्होंने दिल्ली को 'रेशमी नगर' कहकर संबोधित किया तो उसका आशय आम और खास के बीच बढ़ती दूरी थी। यह तभी संभव है, जब व्यक्ति समाज की पीड़ा का सदैव साक्षात्कार करता रहता है। चाहे प्रेमचंद हों या गोर्की, वे सभी इन्हीं कारणों से जीवन के बाद चिरस्थायी हो गए। दिनकर ने विषमता, भेदभाव, आधिपत्यवाद, आर्थिक बेचैनी जैसे प्रश्नों को संबोधित किया, जो किसी एक काल या भूगोल की समस्या न होकर सार्वकालिक एवं वैश्विक है।

जब इस प्रकार के नेतृत्व के लिए समाज का बुद्धिजीवी संकल्पित होता है तो उल-जलूलवादी विमर्श का स्वतः पतन हो जाता है। दिनकर की रचनाएँ चेतना के स्वर और विवेकवाद—दोनों की बुनियाद को मजबूत करती हैं। ऐसा करने में न दिनकर, न ही फ्रैंज फेनन तटस्थ थे। दिनकर के ये शब्द खूब उद्धृत होते हैं—"समर शेष है, नहीं पाप का भागी केवल व्याध; जो तटस्थ है समय लिखेगा उनका भी अपराध।"

संदर्भ--

1. रामधारी सिंह दिनकर (1908-1974) को 'राष्ट्रकवि' भी कहा जाता है। उन्हें 'संस्कृति के चार अध्याय' के लिए 'साहित्य अकादमी पुरस्कार' और 'उर्वशी' के लिए 'ज्ञानपीठ पुरस्कार' मिला। वे दो कार्यकाल (12 वर्ष) राज्यसभा के सदस्य रहे। उनका जन्म बिहार के बेगूसराय में (सिमरिया गाँव) में हुआ था।

□

परिशिष्ट[1]

1. कलम का संकट—21.04.2024
2. बौद्धिकता : उपभोक्तावाद के दौर में (बौद्धिकता बनाम उपभोक्तावाद)—05.05.2024
3. विचारों की विपन्नता—11.02.2024
4. बौद्धिकता का क्षरण (भारतीय बौद्धिकता का क्षरण)—05.11.2023
5. आधुनिकता का विष (आधुनिकता का कहर)—17.12.2023
6. पूरब-पश्चिम : वैचारिक टकराव (पश्चिम और वैचारिक टकराव)—26.02.2023
7. अल्पसंख्यकवादी मानसिकता (अल्पसंख्यक होने का तर्क)—12.03.2023
8. धर्मनिरपेक्षता का भारतीय संस्करण (धर्मनिरपेक्षता का भारतीय पक्ष)—24.03.2024
9. बांग्लादेश में हिंदू अस्तित्व पर संकट—11.08.2024
10. मैकालेवादी पिंजरे में इतिहास (इतिहास का पुनर्लेखन जरूरी)—09.04.2023
11. अधूरा भारत—30.07.2023
12. आस्थावान भारत—14.01.2024
13. विविधता की ताकत (विविधता के प्रवाह की ताकत)—04.06.2023
14. सनातन की अग्निपरीक्षा (सनातन होने का अभिप्राय)—10.09.2023

---

1. परिशिष्ट में लेखों के संपादित शीर्षक के सामने कोष्ठक में 'जनसत्ता' में प्रकाशित 'मूल शीर्षक' को लिखा गया है; साथ ही प्रकाशित तिथि का भी उल्लेख किया गया है, ताकि सुधी पाठकों को कोई असुविधा न हो।

15. हेडगेवार होने का अभिप्राय (हेडगेवार का गुनाह क्या!)—10.06.2023
16. संघ और स्वतंत्रता संग्राम—13.08.2023
17. आरएसएस : सौ साल बाद (संघ सौ साल बाद)—22.10.2023
18. नए परिप्रेक्ष्य में संघ (संघ का भागवत मंत्र)—20.10.2024
19. इतिहास पुरुषों की अव्यक्त पीड़ा (नायकों की अव्यक्त पीड़ा)—21.05.2023
20. वैचारिक अस्पृश्यता (असहमति के मायने)—28.07.2024
21. समझ की प्रचुरता, सोच की अल्पता (सोच का संकट)—25.08.2024
22. विरासत की खोज—07.05.2023
23. विस्मृति के दौर में—23.04.2023
24. समकालीन भारतीय विमर्श (भारतीय विमर्श की त्रासदी)—05.02.2023
25. दिनकर के बहाने—22.09.2024

□□□

संपादक परिचय

मीनू कुमारी वर्तमान में दिल्ली विश्वविद्यालय के मोतीलाल नेहरू कॉलेज (सांध्य) के हिंदी विभाग में सहायक आचार्य के रूप में कार्यरत हैं। दिल्ली विश्वविद्यालय के प्रतिष्ठित हिंदू कॉलेज से हिंदी (प्रतिष्ठा) में प्रथम श्रेणी में स्नातक की उपाधि प्राप्त की। परास्नातक की पढ़ाई जवाहरलाल नेहरू विश्वविद्यालय से पूरी की। वर्तमान में जामिया मिल्लिया इस्लामिया, नई दिल्ली से 'अज्ञेय एवं जैनेंद्र के उपन्यासों में स्त्री प्रश्न' विषय पर शोध कार्य कर रही हैं। Email: meenukumari@mlne.du.ac.in